Véra
et autres nouvelles fantastiques

ÉTONNANTS • CLASSIQUES

VILLIERS DE L'ISLE-ADAM

Véra
et autres nouvelles fantastiques

Présentation, notes, chronologie et dossier par
PHILIPPE LABAUNE,
professeur de lettres

GF Flammarion

Le fantastique
dans la même collection

BRADBURY, *L'Heure H et autres nouvelles*
    L'Homme brûlant et autres nouvelles
CHAMISSO, *L'Étrange Histoire de Peter Schlemihl*
GAUTIER, *La Morte amoureuse, La Cafetière et autres nouvelles*
GOGOL, *Le Nez. Le Manteau*
HOFFMANN, *L'Enfant étranger*
    L'Homme au sable
    Le Violon de Crémone. Les Mines de Falun
KAFKA, *La Métamorphose*
MATHESON, *Au bord du précipice et autres nouvelles*
    Enfer sur mesure et autres nouvelles
MAUPASSANT, *Le Horla et autres contes fantastiques*
MÉRIMÉE, *La Vénus d'Ille et autres contes fantastiques*
POE, *Le Chat noir et autres contes*
POUCHKINE, *La Dame de pique et autres nouvelles*
ROSNY AÎNÉ, *La Mort de la terre*
SHELLEY, *Frankenstein*
STEVENSON, *Le Cas étrange du Dr Jekyll et de M. Hyde*
STOKES, *Dracula*
WILDE, *Le Fantôme de Canterville et autres nouvelles*

© Flammarion, Paris, 2002
Édition revue, 2008
ISBN : 978-2-0812-0861-2
ISSN : 1269-8822

SOMMAIRE

■ **Présentation** 5

Villiers de L'Isle-Adam, un étrange aristocrate
   du XIXe siècle   5
Villiers, homme d'écriture   7
Cinq contes d'amour, de mort et de folie   8
Figures de la folie   11

■ **Chronologie** 13

Véra
et autres nouvelles fantastiques

Véra   23
Le Convive des dernières fêtes   35
Le Désir d'être un homme   63
Fleurs de ténèbres   76
L'Intersigne   79

■ **Dossier** 99

PRÉSENTATION

Villiers de L'Isle-Adam, un étrange aristocrate du XIXe siècle

La vie de Villiers de L'Isle-Adam fut courte et marginale. À l'époque où la bourgeoisie française connaît un essor considérable, Villiers appartient à une illustre famille aristocratique ruinée. Alors que le siècle se passionne pour la science, il s'intéresse à la philosophie et aux sciences occultes. Grand amateur de théâtre, il fait représenter sans succès des drames et des mélodrames. Fréquentant les plus grands écrivains de son époque, il n'atteindra jamais leur renommée. Auteur secondaire ? auteur maudit ? Il faut attendre le XXe siècle pour qu'on redécouvre ses talents de conteur, d'auteur d'anticipation, son style à l'humour cruel et ses récits fantastiques.

L'aristocrate ruiné

Villiers de L'Isle-Adam est porteur d'un grand nom. Il est le descendant du premier grand maître et fondateur de l'ordre de Malte, Philippe de Villiers de L'Isle-Adam (1464-1534). Mais son père, le marquis Joseph-Toussaint, se livre à d'extravagantes spéculations qui ruinent la famille au point que la mère de Villiers demande une séparation de biens qu'elle obtient. Villiers a alors huit ans. La famille vivra désormais aux dépens de Mlle de Kérinou, grand-tante maternelle, qui assurera la vie matérielle de la famille jusqu'à sa mort, en 1871. Lors du siège de Paris et de la Commune, Villiers vit dans la misère. À la fin de sa vie, lorsque la maladie l'atteint, il est dans un dénuement tel que le poète Stéphane Mallarmé ouvre une souscription auprès de ses amis pour subvenir aux besoins du malade.

Les sympathies politiques de cet aristocrate ruiné sont fluctuantes. Il manifeste un temps son intérêt pour la Commune de Paris mais n'hésitera pas à se présenter avec le parti légitimiste contre le candidat républicain de Paris au conseil municipal. On trouve en revanche peu de traces de ses engagements politiques dans son œuvre, si ce n'est la satire assez constante du monde petit-bourgeois.

Une vie privée mouvementée

Cette marginalité se retrouve dans la vie privée de Villiers. Après des études peu assidues, il découvre la vie de bohème des artistes de l'époque. Ses premières relations amoureuses avec une femme, mère de deux enfants, sont mal vues de sa famille. Il se fiance avec la fille de Théophile Gautier, Estelle, mais la famille Gautier renoncera finalement à ce mariage. Il est supposé avoir eu un fils naturel avec une actrice. Parallèlement à cette vie en marge, il tente en vain, par l'intermédiaire d'un agent matrimonial, plusieurs mariages d'argent. En 1881, il a un fils de la veuve illettrée d'un cocher belge avec laquelle il vivra les dernières années de son existence. Il l'épousera quelques jours avant sa mort tout en reconnaissant officiellement son enfant, Victor.

Cette instabilité amoureuse a peut-être pour origine un événement de l'adolescence de Villiers qui aurait perdu à dix-sept ans la femme de sa vie. Il serait, selon un témoin de sa vie, resté « intact, inexpugnable et hautain, muré dans la morne fidélité à ce souvenir de jeunesse ». Cette fidélité à ce souvenir d'une morte est en tout cas le thème de sa nouvelle *Véra*.

Villiers, homme d'écriture

Une œuvre très diverse

L'occupation essentielle de Villiers est l'écriture. Il participe très jeune à diverses revues, et cette activité de journaliste se poursuivra toute sa vie. À Paris, il rencontre dans les cafés littéraires de nombreux artistes de l'époque, du chef de file romantique Victor Hugo au poète Baudelaire. Influencé d'abord par le romantisme, il publie des poèmes.

Passionné de théâtre, il écrit des drames et des mélodrames : *Elën* (1866), *La Révolte* (1869), *Le Nouveau Monde* (1876), *Axel* (1886) qui n'obtiennent pas de succès auprès du public.

Ayant découvert grâce aux traductions de Baudelaire les *Histoires extraordinaires* d'Edgar Allan Poe, il rédige des contes fantastiques, insolites ou humoristiques : *Contes cruels* (1883), *Histoires insolites* (1888). Son style très travaillé répond aux exigences des écrivains parnassiens qu'il fréquente.

Villiers est également l'auteur de longs récits fantastiques et humoristiques : *Claire Lenoir* (1867) et *Tribulat Bonhomet* (1887) qui mettent en scène le savant Bonhomet, satire du bourgeois et incarnation caricaturale du scientisme et du rationalisme.

Avec *L'Ève future* (1887) enfin, Villiers publie un roman d'anticipation qui, tout en reprenant le thème traditionnel de la fabrication artificielle d'un être humain, développe une variété de tons où se mêlent la satire de la science et de la technique et une méditation philosophique sur l'existence.

L'œuvre de Villiers est donc multiforme, tant dans les genres auxquels il s'est essayé (théâtre, poésie, romans, contes et nouvelles) que dans les tons adoptés (humour noir, gravité, lyrisme, fantastique).

Les *Contes cruels*

Le recueil de Villiers *Contes cruels* fut publié en 1883. Il contient vingt-huit textes composés sur une quinzaine d'années, pour la plupart publiés indépendamment dans des journaux. Depuis longtemps Villiers souhaitait publier un recueil de contes, « des contes terribles écrits d'après l'esthétique d'Edgar Poe ».

Ces contes se caractérisent par des esthétiques variées. Certains textes appartiennent au monde du merveilleux, d'autres, à l'aspect réaliste, versent très vite dans des effets fantastiques. D'où sans doute l'hésitation de Villiers qui proposa successivement pour titre du recueil : *Histoires énigmatiques*, *Histoires philosophiques*, *Histoires moroses*, *Histoires mystérieuses* ou *Contes au fer rouge*.

Cinq contes d'amour, de mort et de folie

Parmi ces *Contes cruels*, nous avons choisi d'en présenter cinq (*L'Intersigne*, *Véra*, *Le Convive des dernières fêtes*, *Fleurs de ténèbres* et *Le Désir d'être un homme*) qui ont en commun les thèmes privilégiés de Villiers dans le recueil : la folie, l'amour, la mort et l'amour lié à la mort. Leur traitement littéraire permet d'approcher la diversité du talent et des tons de Villiers, tant dans la mise en œuvre du genre fantastique que dans la distance plus ou moins grande du narrateur à son récit.

Un poème en prose : *Fleurs de ténèbres*

Villiers a intégré aux *Contes cruels* *Fleurs de ténèbres*, extrait retouché d'une chronique qu'il avait publiée en 1880 dans le journal *L'Étoile française*. Ce court récit s'apparente à un poème en prose à la manière de Baudelaire, que Villiers admirait et fréquentait.

Outre qu'il évoque un petit métier de Paris, la petite vendeuse de fleurs, ce conte lie de façon ironique, par l'intermédiaire des fleurs, l'amour et la mort. Les jeunes filles fardées que séduisent les jeunes gens ressemblent déjà à des fantômes. On retrouve également un thème fantastique cher à Villiers : celui de la transgression. Le fait de voler ces fleurs aux défunts correspond à une violation, à un sacrilège qui pèse sur celles qui reçoivent les fleurs.

Trois récits fantastiques

Si on définit le fantastique comme l'intrusion de phénomènes étranges dans un univers réaliste et quotidien, trois des cinq récits présentent dans un cadre très proche du lecteur de l'époque d'inquiétants phénomènes : hallucination de Chaudval devant un miroir qui fait apparaître « l'eau dormante d'un golfe » en se déformant, hallucinations du jeune baron Xavier devant la maison de son ami et devant son ami lui-même, rêve prémonitoire du don d'un manteau, présence énigmatique de la clé enfermée à l'intérieur du tombeau dans la chambre nuptiale de Véra.

Villiers exploite ces faits insolites en leur donnant tantôt une explication naturelle (la folie de Chaudval dans *Le Désir d'être un homme*), tantôt une explication surnaturelle (dans *Véra*, la présence de la clé ne peut s'expliquer que par le fait que la jeune femme est bien une morte-vivante). Mais Villiers sait aussi jouer sur l'ambiguïté en nous offrant avec *L'Intersigne* du fantastique pur. Le lecteur oscille sans cesse entre une explication rationnelle et une justification surnaturelle. Le phénomène de l'intersigne n'est-il qu'une coïncidence, les hallucinations du baron Xavier s'expliquant par un état maladif souligné de façon insistante ? À moins que Dieu n'ait permis au héros de prévoir la mort de son ami l'abbé Maucombe. Le manteau qui « a touché le Tombeau » du Christ serait alors un intermédiaire divin. Villiers insiste d'ailleurs sur cette interprétation en fournissant au lecteur une véritable intrigue en italique dans le texte.

Villiers développe, selon la classification de Tzvetan Todorov dans son *Introduction à la littérature fantastique* (1970), un fantastique qui va de l'étrange (fantastique expliqué) au merveilleux (fantastique surnaturel) en passant par le fantastique pur où l'ambiguïté résiste à toute tentative d'interprétation et où le lecteur reste dans une incertitude qui crée un certain malaise.

On retrouve également dans ces trois récits le thème de la transgression, celle de la mort avec *Véra* où la jeune comtesse d'Athol transgresse l'espace et le temps, celle de la nature des êtres et des choses avec *L'Intersigne* et celle des conventions sociales lorsque Chaudval dans *Le Désir d'être un homme* commet un crime gratuit dont seront victimes cent innocents.

Un conte cruel

Villiers s'est beaucoup intéressé à la guillotine comme en témoignent certains de ses contes (*Le Secret de l'échafaud*, *Les Fantasmes de M. Redoux*) et des chroniques journalistiques. Il a lui-même assisté à une exécution capitale. Cette fascination se retrouve dans *Le Convive des dernières fêtes* où le narrateur découvre sous le masque d'un convive, le baron Saturne, un bourreau sadique et sanguinaire. L'histoire que le docteur raconte à son propos participe à la dimension macabre de la nouvelle, qui contraste avec le ton de frivolité de la description de la fête. Cette esthétique de la terreur s'accompagne cependant d'un humour noir qui transparaît dans les paroles des personnages. C'est ainsi que le baron Saturne déclare qu'« une circonstance d'un intérêt *capital* » l'appelle, le matin, d'assez bonne heure. Un invité suggère qu'« il fallait proposer à M. Saturne de venir tuer le Temps avec nous ». Cet humour allié à toute l'horreur qui touche au baron Saturne renvoie au ton cruel du conte.

Figures de la folie

Chacun des cinq contes présente une figure de la folie.

Le baron Xavier, narrateur de *L'Intersigne*, a, s'il n'est pas fou, des symptômes inquiétants de maladie morbide et de dépression. Villiers insiste sur sa pâleur, sa débilité de tempérament. Lui-même avoue être sous l'influence d'un spleen héréditaire. Ses hallucinations sont toutes empreintes de sentiments liés à la mort. Cette pathologie est un véritable ressort dramatique de la nouvelle puisqu'elle permet d'interpréter les phénomènes fantastiques comme les délires d'un être malade et même de mettre en doute le récit lui-même, comme l'affabulation d'un fou qui le raconte.

Cette pâleur et ce tempérament maladif se retrouvent dans le personnage du comte d'Athol que son vieux serviteur juge égaré par le chagrin au point de prendre peur du « magnétisme effrayant » du comte. Ce dernier finit par ressentir un véritable dédoublement de la personnalité. Même si cette pathologie semble s'évanouir à la fin de la nouvelle au profit d'une interprétation surnaturelle, la folie du comte Roger contribue à l'interprétation rationnelle des effets fantastiques.

Esprit Chaudval, le comédien du conte *Le Désir d'être un homme*, devient fou le soir même de sa retraite. L'hallucination dont il est victime est le prélude à une crise de folie meurtrière. Physiquement, sa fixité hagarde et sa prostration hébétée en sont des signes. Mentalement, elle se construit sur l'absence de sentiments réels. L'incendie criminel gratuit est destiné consciemment à faire naître le remords chez le comédien. Or ce sentiment ne sera jamais éprouvé par Chaudval qui sombrera dans un délire de folie qui le conduira à manipuler les signaux de son phare afin de faire couler les bateaux, rêvant secrètement dans sa mégalomanie à un cataclysme universel.

Le baron Saturne dans *Le Convive des dernières fêtes* est un psychopathe dont « les instincts d'une cruauté qui dépasse les capacités de conceptions connues » sont à l'origine de la nouvelle. Tout concourt à découvrir progressivement la folie de ce bourreau, folie analysée par le personnage du docteur Les Églisottes comme un prodigieux cas d'aliénation mentale et de monomanie masquées derrière une apparence d'homme du monde irréprochable et enjoué.

L'aliénation mentale touche tous les personnages centraux de ces contes cruels dont le ressort dramatique repose sur le développement de diverses monomanies, de ces terribles « *turlutaines* » évoquées par le docteur Les Églisottes.

CHRONOLOGIE

1838 1889
1838 1889

- **Repères historiques et culturels**
- **Vie et œuvre de l'auteur**

Repères historiques et culturels

1830	Monarchie de Juillet. Règne de Louis-Philippe. Berlioz compose la *Symphonie fantastique*.
1836	*Le Nez* de Gogol.
1837	*Illusions perdues* de Balzac. *La Vénus d'Ille* de Mérimée.
1840	*Histoires extraordinaires* d'Edgar Allan Poe.
1848	Révolution de février. IIe République.
1851	Coup d'État du 2 décembre de Louis-Napoléon Bonaparte. Début du Second Empire.
1854	Naissance d'Arthur Rimbaud.
1855	Mort de Gérard de Nerval.
1856	Baudelaire traduit les *Histoires extraordinaires* de Poe.
1857	*Les Fleurs du mal* de Baudelaire. *Madame Bovary* de Flaubert.

Vie et œuvre de l'auteur

1838 — Naissance à Saint-Brieuc, le 7 novembre, de Jean-Marie-Mathias-Philippe-Auguste de Villiers de L'Isle-Adam. Son père, Joseph-Toussaint, est marquis. Sa mère, Marie-Françoise, née Le Nepvou de Carfort, est noble.

1843 — Sa mère demande une séparation de biens avec son mari qui s'est livré à des spéculations financières et s'est fortement endetté.

1846 — La séparation étant prononcée, la grand-tante maternelle de Villiers, Mlle de Kérinou, achète une maison à Lannion où toute la famille s'installe et vivra à ses dépens.

1847-1855 — Villiers fréquente de façon intermittente de nombreux établissements scolaires bretons sans arriver jusqu'au baccalauréat.

1856-1858 — Séjours du jeune Villiers à Paris où il fréquente les cafés littéraires et les théâtres. La famille désapprouve ces fréquentations.

1859 — La famille s'installe à Paris. Villiers fréquente Baudelaire et commence à publier des articles dans les journaux.

Repères historiques et culturels

1861   La musique de Wagner est interprétée à Paris.

1862   *Contes inédits* de Poe.
Les Misérables de Hugo.
Salammbô de Flaubert.

1869   *Les Chants de Maldoror* de Lautréamont.
L'Éducation sentimentale de Flaubert.

1870   Chute du Second Empire.

1871   Avènement de la IIIe République.
Insurrection de la Commune à Paris.

1873   *Les Diaboliques* de Barbey d'Aurevilly.

1877   *L'Assommoir* de Zola.

1880   *Boule de suif* de Maupassant.

Vie et œuvre de l'auteur

1861	Villiers a une liaison avec Louise Dyonnet, une femme mariée, mère de deux enfants. La famille s'en inquiète.
1862-1863	Publication d'un premier roman, *Isis*. La famille contraint Villiers à deux séjours à l'abbaye de Solesmes pour l'éloigner de Louise.
1864-1870	Faillite du père. Rupture avec Louise. Rencontres littéraires et artistiques (Mallarmé, Flaubert, Verlaine, Wagner). Il se fiance avec Estelle Gautier, fille de Théophile. Celui-ci refusera finalement le mariage. Publication de *L'Intersigne* (1867). Publication de pièces de théâtre, deux drames : *Elën*, *Morgane*. Échec de sa pièce *La Révolte*.
1871	Mort de Mlle de Kérinou. La famille vit misérablement pendant le siège de Paris et la Commune. Villiers prend le parti des communards, puis renie ses sympathies politiques.
1872-1877	Deux nouveaux projets de mariage échouent. Publication de *Véra* et du *Convive des dernières fêtes* (1874) ainsi que de nombreux autres contes. Projet d'un recueil.
1880	Publication de *L'Ève nouvelle* qui deviendra le roman *L'Ève future*. Publication de *Fleurs de ténèbres*.

Repères historiques et culturels

1885 Germinal de Zola.
Mort de Victor Hugo.

1889 La tour Eiffel.
Exposition universelle à Paris.

Vie et œuvre de l'auteur

1881	Villiers est battu comme candidat légitimiste au conseil municipal de Paris par le candidat républicain. Naissance de son fils naturel Victor-Philippe-Auguste. Sa mère, Marie Dantine, veuve illettrée d'un cocher, vivra avec Villiers jusqu'à la mort de celui-ci. Villiers fréquente un médecin aliéniste, le Dr Latino.
1882	Mort de la mère de Villiers. Publication du *Désir d'être un homme*.
1883	Parution des *Contes cruels*.
1885	Mort du père de Villiers. Villiers publie *L'Ève future* et vit de petits métiers (moniteur de boxe, correcteur de manuscrits).
1888	Parution des *Nouveaux contes cruels* et des *Histoires insolites*.
1889	Atteint d'un cancer des voies digestives, Villiers s'installe à Nogent-sur-Marne. Mallarmé ouvre une souscription pour l'aider, lui et sa famille. Mais Villiers, moribond, rentre dans un hospice à Paris, où il meurt après avoir reconnu son fils Victor et épousé Marie Dantine.

Véra
et autres nouvelles fantastiques

■ Félicien Rops (1833-1898), *La mort qui danse* (Namur, musée provincial Félicien Rops).

Véra

À Mme la comtesse d'Osmoy.

> La forme du corps lui est plus
> *essentielle* que sa substance.
> *La Physiologie moderne.*

L'Amour est plus fort que la Mort, a dit Salomon[1] : oui, son mystérieux pouvoir est illimité.

C'était à la tombée d'un soir d'automne, en ces dernières années, à Paris. Vers le sombre faubourg Saint-Germain, des voitures, allumées déjà, roulaient, attardées après l'heure du Bois. L'une d'elles s'arrêta devant le portail d'un vaste hôtel seigneurial, entouré de jardins séculaires[2] ; le cintre était surmonté de l'écusson de pierre, aux armes de l'antique famille des comtes d'Athol, savoir : d'azur, à l'étoile abîmée d'argent avec la devise « PALLIDA VICTRIX[3] », sous la couronne retroussée d'hermine au bonnet princier. Les lourds battants s'écartèrent. Un homme de trente à trente-cinq ans, en deuil, au visage mortellement pâle, descendit. Sur le perron, de taciturnes[4]

---

1. *Salomon* : roi de l'Ancien Testament (Cantique des Cantiques, 8, 6).
2. *Séculaires* : très vieux.
3. *Pallida Victrix* : devise latine signifiant « pâle mais victorieuse ».
4. *Taciturnes* : qui ne parlent pas.

serviteurs élevaient des flambeaux. Sans les voir, il gravit les marches et entra. C'était le comte d'Athol.

Chancelant, il monta les blancs escaliers qui conduisaient à cette chambre où, le matin même, il avait couché dans un cercueil de velours et enveloppé de violettes, en des flots de batiste[1], sa dame de volupté, sa pâlissante épousée, Véra, son désespoir.

En haut, la douce porte tourna sur le tapis ; il souleva la tenture.

Tous les objets étaient à la place où la comtesse les avait laissés la veille. La Mort, subite, avait foudroyé. La nuit dernière, sa bien-aimée s'était évanouie en des joies si profondes, s'était perdue en de si exquises étreintes, que son cœur, brisé de délices, avait défailli : ses lèvres s'étaient brusquement mouillées d'une pourpre mortelle. À peine avait-elle eu le temps de donner à son époux un baiser d'adieu, en souriant, sans une parole : puis ses longs cils, comme des voiles de deuil, s'étaient abaissés sur la belle nuit de ses yeux.

La journée sans nom était passée.

Vers midi, le comte d'Athol, après l'affreuse cérémonie du caveau familial, avait congédié au cimetière la noire escorte. Puis, se renfermant, seul, avec l'ensevelie, entre les quatre murs de marbre, il avait tiré sur lui la porte de fer du mausolée[2]. – De l'encens brûlait sur un trépied, devant le cercueil ; une couronne lumineuse de lampes, au chevet de la jeune défunte, l'étoilait.

Lui, debout, songeur, avec l'unique sentiment d'une tendresse sans espérance, était demeuré là, tout le jour. Sur les six heures, au crépuscule, il était sorti du lieu sacré. En refermant le sépulcre[3], il avait arraché de la serrure la clef d'argent, et, se haussant sur la dernière marche du seuil, il l'avait jetée doucement dans l'intérieur du tombeau. Il l'avait lancée sur les dalles intérieures par le trèfle[4]

---

1. *Batiste* : toile fine de lin.
2. *Mausolée* : tombeau.
3. *Sépulcre* : tombeau.
4. *Trèfle* : ferronnerie en forme de trèfle au-dessus du portail.

qui surmontait le portail. – Pourquoi ceci ?... À coup sûr d'après quelque résolution mystérieuse de ne plus revenir.

Et maintenant il revoyait la chambre veuve.

La croisée[1], sous les vastes draperies de cachemire mauve broché d'or, était ouverte : un dernier rayon du soir illuminait, dans un cadre de bois ancien, le grand portrait de la trépassée. Le comte regarda, autour de lui, la robe jetée, la veille, sur un fauteuil, sur la cheminée les bijoux, le collier de perles, l'éventail à demi fermé, les lourds flacons de parfum qu'*Elle* ne respirerait plus. Sur le lit d'ébène aux colonnes tordues, resté défait, auprès de l'oreiller où la place de la tête adorée et divine était visible encore au milieu des dentelles, il aperçut le mouchoir rougi de gouttes de sang où sa jeune âme avait battu de l'aile un instant, le piano ouvert supportant une mélodie inachevée à jamais ; les fleurs indiennes cueillies par elle, dans la serre, et qui se mouraient dans de vieux vases de Saxe ; et, au pied du lit, sur une fourrure noire, les petites mules de velours oriental, sur lesquelles une devise rieuse de Véra brillait, brodée en perles : *Qui verra Véra l'aimera*. Les pieds nus de la bien-aimée y jouaient hier matin, baisés, à chaque pas, par le duvet des cygnes ! – Et là, là, dans l'ombre, la pendule, dont il avait brisé le ressort pour qu'elle ne sonnât plus d'autres heures.

Ainsi elle était partie !... *Où* donc !... Vivre maintenant ? – Pour quoi faire ?... C'était impossible, absurde.

Et le comte s'abîmait en des pensées inconnues.

Il songeait à toute l'existence passée. – Six mois s'étaient écoulés depuis ce mariage. N'était-ce pas à l'étranger, au bal d'une ambassade qu'il l'avait vue pour la première fois ?... Oui. Cet instant ressuscitait devant ses yeux, très distinct. Elle lui apparaissait là, radieuse. Ce soir-là, leurs regards s'étaient rencontrés. Ils s'étaient reconnus, intimement, de pareille nature, et devant s'aimer à jamais.

---

1. *Croisée* : fenêtre.

Les propos décevants, les sourires qui observent, les insinuations, toutes les difficultés que suscite le monde pour retarder l'inévitable félicité[1] de ceux qui s'appartiennent s'étaient évanouis devant la tranquille certitude qu'ils eurent, à l'instant même, l'un de l'autre.

Véra, lassée des fadeurs cérémonieuses de son entourage, était venue vers lui dès la première circonstance contrariante simplifiant ainsi, d'auguste[2] façon, les démarches banales où se perd le temps précieux de la vie.

Oh ! comme, aux premières paroles, les vaines appréciations des indifférents à leur égard leur semblèrent une volée d'oiseaux de nuit rentrant dans les ténèbres ! Quel sourire ils échangèrent ! Quel ineffable[3] embrassement !

Cependant leur nature était des plus étranges, en vérité ! – C'étaient deux êtres doués de sens merveilleux, mais exclusivement terrestres. Les sensations se prolongeaient en eux avec une intensité inquiétante. Ils s'y oubliaient eux-mêmes à force de les éprouver. Par contre, certaines idées, celle de l'âme, par exemple, de l'Infini, de *Dieu même*, étaient comme voilées à leur entendement[4]. La foi d'un grand nombre de vivants aux choses surnaturelles n'était pour eux qu'un sujet de vagues étonnements : lettre close dont ils ne se préoccupaient pas, n'ayant pas qualité pour condamner ou justifier. – Aussi, reconnaissant bien que le monde leur était étranger, ils s'étaient isolés, aussitôt leur union, dans ce vieux et sombre hôtel, où l'épaisseur des jardins amortissait les bruits du dehors.

Là, les deux amants s'ensevelirent dans l'océan de ces joies languides[5] et perverses où l'esprit se mêle à la chair mystérieuse ! Ils épuisèrent la violence des désirs, les frémissements et les

---

1. *Félicité* : bonheur.
2. *Auguste* : noble.
3. *Ineffable* : indescriptible.
4. *Entendement* : compréhension.
5. *Languides* : douces.

tendresses éperdues. Ils devinrent le battement de l'être l'un de l'autre. En eux, l'esprit pénétrait si bien le corps, que leurs formes leur semblaient intellectuelles, et que les baisers, mailles brûlantes, les enchaînaient dans une fusion idéale. Long éblouissement ! Tout à coup, le charme se rompait ; l'accident terrible les désunissait ; leurs bras s'étaient désenlacés. Quelle ombre lui avait pris sa chère morte ? Morte ! non. Est-ce que l'âme des violoncelles est emportée dans le cri d'une corde qui se brise ?

Les heures passèrent.

Il regardait, par la croisée, la nuit qui s'avançait dans les cieux : et la Nuit lui apparaissait *personnelle ;* elle lui semblait une reine marchant, avec mélancolie, dans l'exil, et l'agrafe de diamant de sa tunique de deuil, Vénus, seule, brillait, au-dessus des arbres, perdue au fond de l'azur.

« C'est Véra », pensa-t-il.

À ce nom, prononcé tout bas, il tressaillit en homme qui s'éveille, puis, se dressant, regarda autour de lui.

Les objets, dans la chambre, étaient maintenant éclairés par une lueur jusqu'alors imprécise, celle d'une veilleuse, bleuissant les ténèbres, et que la nuit montée au firmament, faisait apparaître ici comme une autre étoile. C'était la veilleuse, aux senteurs d'encens, d'une iconostase [1], reliquaire [2] familial de Véra. Le triptyque, d'un vieux bois précieux, était suspendu, par sa sparterie [3] russe, entre la glace et le tableau. Un reflet des ors de l'intérieur tombait, vacillant, sur le collier, parmi les joyaux de la cheminée.

Le plein nimbe [4] de la Madone en habits de ciel brillait, rosacé de la croix byzantine dont les fins et rouges linéaments, fondus dans le reflet, ombraient d'une teinte de sang l'orient ainsi allumé des perles. Depuis l'enfance, Véra plaignait, de ses grands yeux, le visage maternel et si pur de l'héréditaire madone, et de sa nature,

---

1. *Iconostase* : grand tableau à trois volets, décoré d'images de saints.
2. *Reliquaire* : objet saint.
3. *Sparterie* : corde.
4. *Nimbe* : cercle de lumière autour d'un personnage religieux.

hélas ! ne pouvant lui consacrer qu'un *superstitieux* amour, le lui offrait parfois, naïve, pensivement, lorsqu'elle passait devant la veilleuse.

Le comte, à cette vue, touché de rappels douloureux jusqu'au plus secret de l'âme, se dressa, souffla vite la lueur sainte, et, à tâtons, dans l'ombre, étendant la main vers une torsade, sonna.

Un serviteur parut : c'était un vieillard vêtu de noir ; il tenait une lampe, qu'il posa devant le portrait de la comtesse. Lorsqu'il se retourna, ce fut avec un frisson de superstitieuse terreur qu'il vit son maître debout et souriant comme si rien ne se fût passé.

– Raymond, dit tranquillement le comte, *ce soir, nous sommes accablés de fatigue, la comtesse et moi* ; tu serviras le souper vers dix heures. À propos, nous avons résolu de nous isoler davantage, ici, dès demain. Aucun de mes serviteurs hors toi, ne doit passer la nuit dans l'hôtel. Tu leur remettras les gages[1] de trois années, et qu'ils se retirent. Puis, tu fermeras la barre du portail ; tu allumeras les flambeaux en bas dans la salle à manger ; tu nous suffiras. Nous ne recevrons personne à l'avenir.

Le vieillard tremblait et le regardait attentivement.

Le comte alluma un cigare et descendit aux jardins.

Le serviteur pensa d'abord que la douleur trop lourde, trop désespérée, avait égaré l'esprit de son maître. Il le connaissait depuis l'enfance ; il comprit, à l'instant, que le heurt d'un réveil trop soudain pouvait être fatal à ce somnambule. Son devoir, d'abord, était le respect d'un tel secret.

Il baissa la tête. Une complicité dévouée à ce religieux rêve ? Obéir ?... Continuer de les servir sans tenir compte de la Mort ? – Quelle étrange idée !... Tiendrait-elle une nuit ?... Demain, demain, hélas !... Ah ! qui savait ?... Peut-être !... – Projet sacré, après tout ! – De quel droit réfléchissait-il ?...

Il sortit de la chambre, exécuta les ordres à la lettre et, le soir même, l'insolite existence commença.

---

1. *Gages* : salaire.

Il s'agissait de créer un mirage terrible.

La gêne des premiers jours s'effaça vite. Raymond, d'abord avec stupeur, puis par une sorte de déférence[1] et de tendresse s'était ingénié si bien à être naturel, que trois semaines ne s'étaient pas écoulées qu'il se sentit, par moments, presque dupe lui-même de sa bonne volonté. L'arrière-pensée pâlissait ! Parfois, éprouvant une sorte de vertige, il eut besoin de se dire que la comtesse était positivement défunte. Il se prenait à ce jeu funèbre et oubliait à chaque instant la réalité. Bientôt il lui fallut plus d'une réflexion pour se convaincre et se ressaisir. Il vit bien qu'il finirait par s'abandonner tout entier au magnétisme effrayant dont le comte pénétrait peu à peu l'atmosphère autour d'eux. Il avait peur, une peur indécise, douce.

D'Athol, en effet, vivait absolument dans l'inconscience de la mort de sa bien-aimée ! Il ne pouvait que la trouver toujours présente, tant la forme de la jeune femme était mêlée à la sienne. Tantôt, sur un banc du jardin, les jours de soleil, il lisait, à haute voix, les poésies qu'elle aimait ; tantôt le soir auprès du feu, les deux tasses de thé sur un guéridon, il causait avec l'*Illusion* souriante, assise, à ses yeux, sur l'autre fauteuil.

Les jours, les nuits, les semaines s'envolèrent. Ni l'un ni l'autre ne savait ce qu'ils accomplissaient. Et des phénomènes singuliers se passaient maintenant, où il devenait difficile de distinguer le point où l'imaginaire et le réel étaient identiques. Une présence flottait dans l'air : une forme s'efforçait de transparaître, de se tramer sur l'espace devenu indéfinissable.

D'Athol vivait double, en illuminé. Un visage doux et pâle, entrevu comme l'éclair, entre deux clins d'yeux ; un faible accord frappé au piano, tout à coup ; un baiser qui lui fermait la bouche au moment où il allait parler, des affinités de pensées *féminines* qui s'éveillaient en lui en réponse à ce qu'il disait, un dédoublement de lui-même tel, qu'il sentait, comme en un brouillard fluide, le

---

1. *Déférence* : respect.

parfum vertigineusement doux de sa bien-aimée auprès de lui, et, la nuit, entre la veille et le sommeil, des paroles entendues très bas : tout l'avertissait. C'était une négation de la Mort élevée, enfin, à une puissance inconnue !

Une fois, d'Athol la sentit et la vit si bien auprès de lui, qu'il la prit dans ses bras : mais ce mouvement la dissipa.

– Enfant ! murmura-t-il en souriant.

Et il se rendormit comme un amant boudé par sa maîtresse rieuse et ensommeillée.

Le jour de *sa* fête, il plaça, par plaisanterie, une immortelle dans le bouquet qu'il jeta sur l'oreiller de Véra.

– Puisqu'elle se croit morte, dit-il.

Grâce à la profonde et toute-puissante volonté de M. d'Athol, qui, à force d'amour, forgeait la vie et la présence de sa femme dans l'hôtel solitaire, cette existence avait fini par devenir d'un charme sombre et persuadeur. Raymond, lui-même, n'éprouvait plus aucune épouvante, s'étant graduellement habitué à ces impressions.

Une robe de velours noir aperçue au détour d'une allée ; une voix rieuse qui l'appelait dans le salon ; un coup de sonnette le matin, à son réveil, comme autrefois, tout cela lui était devenu familier : on eût dit que la morte jouait à l'invisible, comme une enfant. Elle se sentait aimée tellement ! C'était bien *naturel*.

Une année s'était écoulée.

Le soir de l'Anniversaire, le comte, assis auprès du feu, dans la chambre de Véra, venait de *lui* lire un fabliau florentin : *Callimaque*. Il ferma le livre ; puis en se servant du thé :

– *Douschka*, dit-il, te souviens-tu de la Vallée-des-Roses, des bords de la Lahn, du château des Quatre-Tours ?… Cette histoire te les a rappelés, n'est-ce pas ?

Il se leva, et, dans la glace bleuâtre, il se vit plus pâle qu'à l'ordinaire. Il prit un bracelet de perles dans une coupe et regarda les perles attentivement. Véra ne les avait-elle pas ôtées de son bras, tout à l'heure, avant de se dévêtir ? Les perles étaient encore tièdes et leur orient[1] plus adouci comme par la chaleur de sa chair. Et l'opale de ce collier sibérien, qui aimait aussi le beau sein de Véra jusqu'à pâlir, maladivement dans son treillis d'or, lorsque la jeune femme l'oubliait pendant quelque temps ! Autrefois, la comtesse aimait pour cela cette pierrerie fidèle !... Ce soir l'opale brillait comme si elle venait d'être quittée et comme si le magnétisme exquis de la belle morte la pénétrait encore. En reposant le collier et la pierre précieuse, le comte toucha par hasard le mouchoir de batiste dont les gouttes de sang étaient humides et rouges comme des œillets sur de la neige !... Là, sur le piano, qui donc avait tourné la page finale de la mélodie d'autrefois ? Quoi ! la veilleuse sacrée s'était rallumée, dans le reliquaire ! Oui, sa flamme dorée éclairait mystiquement[2] le visage, aux yeux fermés, de la Madone ! Et ces fleurs orientales nouvellement cueillies, qui s'épanouissaient là, dans les vieux vases de Saxe, quelle main venait de les y placer ? La chambre semblait joyeuse et douée de vie, d'une façon plus significative et plus intense que d'habitude. Mais rien ne pouvait surprendre le comte ! Cela lui semblait tellement normal, qu'il ne fit même pas attention que l'heure sonnait à cette pendule arrêtée depuis une année.

Ce soir-là, cependant, on eût dit que, du fond des ténèbres, la comtesse Véra s'efforçait adorablement de revenir dans cette chambre tout embaumée d'elle ! Elle y avait laissé tant de sa personne ! Tout ce qui avait constitué son existence l'y attirait. Son charme y flottait ; les longues violences faites par la volonté passionnée de son époux y devaient avoir desserré les vagues liens de l'Invisible autour d'elle !...

Elle y était *nécessitée*. Tout ce qu'elle aimait, c'était là.

Elle devait avoir envie de venir se sourire encore en cette glace mystérieuse où elle avait tant de fois admiré son lilial[3] visage ! La douce morte, là-bas, avait tressailli, certes, dans ses violettes, sous

---

1. *Orient* : irisation.
2. *Mystiquement* : religieusement.
3. *Lilial* : de la couleur blanche du lys.

les lampes éteintes ; la divine morte avait frémi, dans le caveau, toute seule, en regardant la clef d'argent jetée sur les dalles. Elle voulait s'en venir vers lui aussi ! Et sa volonté se perdait dans l'idée de l'encens et de l'isolement. La Mort n'est une circonstance définitive que pour ceux qui espèrent des cieux, mais la Mort, et les Cieux, et la Vie pour elle, n'était-ce pas leur embrassement ? Et le baiser solitaire de son époux attirait ses lèvres dans l'ombre. Et le son passé des mélodies, les paroles enivrées de jadis, les étoffes qui couvraient son corps et en gardaient le parfum, ces pierreries magiques qui la *voulaient*, dans leur obscure sympathie, – et surtout l'immense et absolue impression de sa présence, opinion partagée à la fin par les choses elles-mêmes, tout l'appelait là, l'attirait là depuis si longtemps, et si insensiblement, que, guérie enfin de la dormante Mort, il ne manquait plus qu'*Elle seule* !

Ah ! les Idées sont des êtres vivants !... Le comte avait creusé dans l'air la forme de son amour, et il fallait bien que ce vide fût comblé par le seul être qui lui était homogène, autrement l'Univers aurait croulé. L'impression passa, en ce moment, définitive, simple, absolue, qu'*Elle devait être là, dans la chambre* ! Il en était aussi tranquillement certain que de sa propre existence, et toutes les choses, autour de lui, étaient saturées de cette conviction. On l'y voyait ! Et, *comme il ne manquait plus que Véra elle-même*, tangible[1], extérieure, *il fallut bien qu'elle s'y trouvât* et que le grand Songe de la Vie et de la Mort entrouvrît un moment ses portes infinies ! Le chemin de résurrection était envoyé par la foi jusqu'à elle ! Un frais éclat de rire musical éclaira de sa joie le lit nuptial ; le comte se retourna. Et là, devant ses yeux, faite de volonté et de souvenir, accoudée, fluide, sur l'oreiller de dentelles, sa main soutenant ses lourds cheveux noirs, sa bouche délicieusement entrouverte en un sourire tout emparadisé de voluptés, belle à en mourir, enfin ! la comtesse Véra le regardait un peu endormie encore.

---

1. *Tangible* : qu'on peut toucher.

– Roger!..., dit-elle d'une voix lointaine.

Il vint auprès d'elle. Leurs lèvres s'unirent dans une joie divine, – oublieuse –, immortelle !

Et ils s'aperçurent, *alors*, qu'ils n'étaient, réellement, qu'un seul être.

Les heures effleurèrent d'un vol étranger cette extase où se mêlaient, pour la première fois, la terre et le ciel.

Tout à coup, le comte d'Athol tressaillit, comme frappé d'une réminiscence[1] fatale.

– Ah ! maintenant, je me rappelle !... fit-il. Qu'ai-je donc ? Mais tu es morte !

À l'instant même, à cette parole, la mystique veilleuse de l'iconostase s'éteignit. Le pâle petit jour du matin, – d'un matin banal, grisâtre et pluvieux, – filtra dans la chambre par les interstices des rideaux. Les bougies blêmirent et s'éteignirent, laissant fumer âcrement leurs mèches rouges ; le feu disparut sous une couche de cendres tièdes ; les fleurs se fanèrent et se desséchèrent en quelques moments ; le balancier de la pendule reprit graduellement son immobilité. La *certitude* de tous les objets s'envola subitement. L'opale, morte, ne brillait plus ; les taches de sang s'étaient fanées aussi, sur la batiste, auprès d'elle ; et s'effaçant entre les bras désespérés qui voulaient en vain l'étreindre encore, l'ardente et blanche vision rentra dans l'air et s'y perdit. Un faible soupir d'adieu, distinct, lointain, parvint jusqu'à l'âme de Roger. Le comte se dressa ; il venait de s'apercevoir qu'il était seul. Son rêve venait de se dissoudre d'un seul coup ; il avait brisé le magnétique fil de sa trame radieuse avec une seule parole. L'atmosphère était, maintenant, celle des défunts.

Comme ces larmes de verre, agrégées illogiquement, et cependant si solides qu'un coup de maillet sur leur partie épaisse ne les briserait pas, mais qui tombent en une subite et impalpable poussière si l'on en casse l'extrémité plus fine que la pointe d'une aiguille, tout s'était évanoui.

---

1. *Réminiscence* : souvenir.

– Oh! murmura-t-il, c'est donc fini! Perdue!... Toute seule! Quelle est la route, maintenant, pour parvenir jusqu'à toi? Indique-moi le chemin qui peut me conduire vers toi!...

Soudain, comme une réponse, un objet brillant tomba du lit nuptial, sur la noire fourrure, avec un bruit métallique: un rayon de l'affreux jour terrestre l'éclaira!... L'abandonné se baissa, le saisit, et un sourire sublime illumina son visage en reconnaissant cet objet: c'était la clef du tombeau.

Le Convive des dernières fêtes

À Mme Nina de Villard.

> L'inconnu, c'est la part du lion.
> FRANÇOIS ARAGO.

Le Commandeur de pierre[1] peut venir souper avec nous; il peut nous tendre la main! Nous la prendrons encore. Peut-être sera-ce lui qui aura froid.

Un soir de carnaval de l'année 186…, C***, l'un de mes amis, et moi, par une circonstance absolument due aux hasards de l'ennui «ardent et vague», nous étions seuls, dans une avant-scène, au bal de l'Opéra.

Depuis quelques instants nous admirions, à travers la poussière, la mosaïque tumultueuse des masques hurlant sous les lustres et s'agitant sous l'archet sabbatique[2] de Strauss[3].

---

1. *Le Commandeur de pierre*: statue de pierre représentant le jugement divin. Dans la pièce de Molière, *Dom Juan*, elle invite le séducteur à souper avec lui. Dom Juan la défie et, en lui tendant la main, se trouve précipité aux Enfers.
2. *Sabbatique*: diabolique.
3. *Johann Strauss* (1825-1899): compositeur de valses célèbres et chef d'orchestre.

Tout à coup la porte de la loge s'ouvrit : trois dames, avec un froufrou de soie, s'approchèrent entre les chaises lourdes et, après avoir ôté leurs masques, nous dirent :

– Bonsoir !

C'étaient trois jeunes femmes d'un esprit et d'une beauté exceptionnels. Nous les avions parfois rencontrées dans le monde artistique de Paris. Elles s'appelaient : Clio la Cendrée, Antonie Chantilly et Annah Jackson.

– Et vous venez faire ici l'école buissonnière, mesdames ? demanda C*** en les priant de s'asseoir.

– Oh ! nous allions souper seules, parce que les gens de cette soirée, aussi horribles qu'ennuyeux, ont attristé notre imagination, dit Clio la Cendrée.

– Oui, nous allions nous en aller quand nous vous avons aperçus ! dit Antonie Chantilly.

– Ainsi donc, venez avec nous, si vous n'avez rien de mieux à faire, conclut Annah Jackson.

– Joie et lumière ! vivat ! répondit tranquillement C***. Élevez-vous une objection grave contre la Maison Dorée[1] ?

– Bien loin cette pensée ! dit l'éblouissante Annah Jackson en dépliant son éventail.

– Alors, mon cher, continua C*** en se tournant vers moi, prends ton carnet, retiens le salon rouge et envoie porter le billet par le chasseur[2] de Miss Jackson : c'est, je crois, la marche à suivre, à moins d'un parti pris chez toi ?

– Monsieur, me dit Miss Jackson, si vous vous sacrifiez jusqu'à bouger pour nous, vous trouverez ce personnage vêtu en oiseau phénix – ou mouche – et se prélassant au foyer. Il répond au pseudonyme transparent de Baptiste ou de Lapierre. Ayez cette complaisance ? et revenez bien vite nous aimer sans cesse.

Depuis un moment je n'écoutais personne. Je regardais un étranger placé dans une loge en face de nous : un homme de

---

1. *La Maison Dorée* : célèbre restaurant luxueux situé rue Laffitte à Paris.
2. *Chasseur* : domestique en livrée.

trente-cinq ou trente-six ans, d'une pâleur orientale ; il tenait une lorgnette et m'adressait un salut.

« Eh ! c'est mon inconnu de Wiesbaden ! », me dis-je tout bas, après quelque recherche.

Comme ce monsieur m'avait rendu, en Allemagne, un de ces services légers que l'usage permet d'échanger entre voyageurs (oh ! tout bonnement à propos de cigares, je crois, dont il m'avait indiqué le mérite au salon de conversation), je lui rendis le salut.

L'instant d'après, au foyer, comme je cherchais du regard le phénix en question, je vis venir l'étranger au-devant de moi. Son abord avant été des plus aimables, il me parut de bonne courtoisie de lui proposer notre assistance s'il se trouvait trop seul en ce tumulte.

– Et qui dois-je avoir l'honneur de présenter à notre gracieuse compagnie ? lui demandai-je, souriant, lorsqu'il eut accepté.

– Le baron Von H***, me dit-il. Toutefois, vu les allures insoucieuses de ces dames, les difficultés de prononciation et ce beau soir de carnaval, laissez-moi prendre, pour une heure, un autre nom, le premier venu, ajouta-t-il : tenez... (il se mit à rire) : le baron *Saturne*[1], si vous voulez.

Cette bizarrerie me surprit un peu, mais comme il s'agissait d'une folie générale, je l'annonçai, froidement, à nos élégantes, selon la donnée mythologique à laquelle il acceptait de se réduire.

Sa fantaisie prévint en sa faveur[2] : on voulut bien croire à quelque roi des *Mille et Une Nuits* voyageant incognito. Clio la Cendrée, joignant les mains, alla jusqu'à murmurer le nom d'un nommé Jud, alors célèbre, sorte de criminel encore introuvé et que différents meurtres avaient, paraît-il, illustré et enrichi exceptionnellement.

Les compliments une fois échangés :

– Si le baron nous faisait la faveur de souper avec nous pour la symétrie désirable ? demanda la toujours prévenante Annah Jackson, entre deux bâillements irrésistibles.

---

1. *Saturne* : dans la mythologie romaine, dieu du temps.
2. *Prévint en sa faveur* : produisit une impression favorable.

Le Convive des dernières fêtes | 37

Il voulut se défendre.

– Susannah nous a dit cela comme don Juan à la statue du Commandeur, répliquai-je en plaisantant : ces Écossaises sont d'une solennité !

– Il fallait proposer à M. Saturne de venir tuer le Temps avec nous ! dit C***, qui, froid, voulait inviter « d'une façon régulière ».

– Je regrette beaucoup de refuser ! répondit l'interlocuteur. Plaignez-moi de ce qu'une circonstance d'un intérêt vraiment capital m'appelle, ce matin, d'assez bonne heure.

– Un duel pour rire ? une variété de vermouth[1] ? demanda Clio la Cendrée en faisant la moue.

– Non, madame, une… *rencontre*, puisque vous daignez me consulter à cet égard, dit le baron.

– Bon ! quelque mot de corridors d'Opéra, je parie ! s'écria la belle Annah Jackson. Votre tailleur, infatué[2] d'un costume de chevau-léger[3], vous aura traité d'artiste ou de démagogue. Cher monsieur, ces remarques ne pèsent pas le moindre fleuret[4] : vous êtes étranger, cela se voit.

– Je le suis même un peu partout, madame, répondit en s'inclinant le baron Saturne.

– Allons ! vous vous faites désirer ?

– *Rarement, je vous assure !…*, murmura, de son air à la fois le plus galant et le plus équivoque[5], le singulier personnage.

Nous échangeâmes un regard, C*** et moi ; nous n'y étions plus : que voulait dire ce monsieur ? La distraction, toutefois, nous paraissait assez amusante.

Mais, comme les enfants qui s'engouent[6] de ce qu'on leur refuse :

---

1. *Vermouth* : liqueur apéritive.
2. *Infatué* : rendu fat, c'est-à-dire vaniteux.
3. *Chevau-léger* : soldat de la cavalerie du roi.
4. *Fleuret* : épée légère.
5. *Équivoque* : ambigu.
6. *Qui s'engouent* : qui se prennent de passion.

– Vous nous appartenez jusqu'à l'aurore, et je prends votre bras ! s'écria Antonie.

Il se rendit ; nous quittâmes la salle.

Il avait donc fallu cette fusée d'inconséquences pour entraîner ce bouquet final ; nous allions nous trouver dans une intimité assez relative avec un homme dont nous ne savions rien sinon qu'il avait joué au casino de Wiesbaden et qu'il avait étudié les goûts divers des cigares de La Havane.

Ah ! qu'importait ! le plus court, aujourd'hui, n'est-ce pas de *serrer la main de tout le monde* ?

Sur le boulevard, Clio la Cendrée se renversa, rieuse, au fond de la calèche, et, comme son tigre métis attendait en esclave :

– À la Maison Dorée ! dit-elle.

Puis, se penchant vers moi :

– Je ne connais pas votre ami : quel homme est-ce ? Il m'intrigue infiniment. Il a un *drôle* de regard !

– Notre *ami* ? répondis-je : à peine l'ai-je vu deux fois, la saison dernière, en Allemagne.

Elle me considéra d'un air étonné :

– Quoi donc ! repris-je, il vient nous saluer dans notre loge et vous l'invitez à souper sur la foi d'une présentation de bal masqué ! En admettant que vous ayez commis une imprudence digne de mille morts, il est un peu tard pour vous alarmer touchant notre convive. Si les invités sont peu disposés demain à continuer connaissance, ils se salueront comme la veille : voilà tout. Un souper ne signifie rien.

Rien n'est amusant comme de sembler comprendre certaines susceptibilités artificielles.

– Comment, vous ne savez pas mieux quels sont les gens ? Et si c'était un…

– Ne vous ai-je pas décliné son nom ? le baron Saturne ? Est-ce que vous craignez de le compromettre, mademoiselle ? ajoutai-je, d'un ton sévère.

– Vous êtes un monsieur intolérable, vous savez !

– Il n'a pas l'air d'un grec[1] : donc notre aventure est toute simple. Un millionnaire amusant ! N'est-ce pas l'idéal ?

– Il me paraît assez bien, ce M. Saturne, dit C***.

– Et, au moins en temps de carnaval, un homme très riche a toujours droit à l'estime, conclut, d'une voix calme, la belle Susannah.

Les chevaux partirent : le lourd carrosse de l'étranger nous suivit. Antonie Chantilly (plus connue sous le nom de guerre, un peu mièvre[2], d'Yseult) y avait accepté sa mystérieuse compagnie.

Une fois installés dans le salon rouge, nous enjoignîmes à Joseph de ne laisser pénétrer jusqu'à nous aucun être vivant, à l'exception des ostende[3], de lui, Joseph, et de notre illustre ami le fantastique petit docteur Florian Les Églisottes, si, d'aventure, il venait sucer sa proverbiale écrevisse.

Une bûche ardente s'écrasait dans la cheminée. Autour de nous s'épandaient de fades senteurs d'étoffes de fourrures quittées, de fleurs d'hiver. Les lueurs des candélabres étreignaient, sur une console, les seaux argentés où se gelait le triste vin d'Aï. Les camélias, dont les touffes se gonflaient au bout de leurs tiges d'archal[4], débordaient les cristaux sur la table.

Au-dehors, il faisait une pluie terne et fine, semée de neige ; une nuit glaciale ; des bruits de voitures, des cris de masques, la sortie de l'Opéra. C'étaient les hallucinations de Gavarni, de Devéria, de Gustave Doré[5].

Pour étouffer ces rumeurs, les rideaux étaient soigneusement drapés devant les fenêtres closes.

Les convives étaient donc le baron saxon Von H***, le flave et smynthien[6] C*** et moi ; puis Annah Jackson, la Cendrée et Antonie.

---

1. *Grec* : nom donné aux tricheurs et aux aventuriers.
2. *Mièvre* : maniéré et fade.
3. *Ostende* : huîtres venues d'Ostende, ville de Belgique.
4. *Archal* : fil de laiton.
5. *Gavarni, Devéria, Gustave Doré* : célèbres dessinateurs contemporains de Villiers de L'Isle-Adam.
6. *Flave et smynthien* : blond et bouclé.

Pendant le souper, qui fut rehaussé de folies étincelantes, je me laissai, tout doucement, aller à mon innocente manie d'observation et, je dois le dire, je ne fus pas sans m'apercevoir bientôt que mon vis-à-vis méritait, en effet, quelque attention.

Non, ce n'était pas un homme folâtre[1], ce convive de passage !... Ses traits et son maintien ne manquaient point, sans doute, de cette distinction convenue qui fait tolérer les personnes : son accent n'était point fastidieux comme celui de quelques étrangers ; seulement, en vérité, sa pâleur prenait, par intervalles, des tons singulièrement blêmes et même blafards ; ses lèvres étaient plus étroites qu'un trait de pinceau ; les sourcils demeuraient toujours un peu froncés même dans le sourire.

Ayant remarqué ces points et quelques autres, avec cette inconsciente attention dont quelques écrivains sont bien obligés d'être doués, je regrettai de l'avoir introduit, tout à fait à la légère, en notre compagnie, et je me promis de l'effacer, à l'aurore, de notre liste d'habitués. Je parle ici de C*** et de moi, bien entendu ; car le bon hasard qui nous avait octroyé, ce soir-là, nos hôtes féminins, devait les remporter, comme des visions, à la fin de la nuit.

Et puis l'étranger ne tarda pas à captiver notre attention par une bizarrerie spéciale. Sa causerie, sans être hors ligne par la valeur intrinsèque[2] des idées, tenait en éveil par le sous-entendu très vague que le son de sa voix semblait y glisser intentionnellement.

Ce détail nous surprenait d'autant plus qu'il nous était impossible, en examinant ce qu'il disait, d'y découvrir un sens autre que celui d'une phrase mondaine. Et, deux ou trois fois, il nous fit tressaillir, C*** et moi, par la façon dont il soulignait ses paroles et par l'impression d'arrière-pensées, tout à fait imprécises, qu'elles nous laissaient.

Tout à coup, au beau milieu d'un accès de rire, dû à certaine facétie de Clio la Cendrée, – et qui était, vraiment, des plus

---

1. *Folâtre* : qui aime plaisanter.
2. *Intrinsèque* : en elle-même.

■ Constantin Guys (1802-1892), *Hommes en chapeau haut de forme conversant avec des femmes* (Paris, musée du Louvre).

© RMN

divertissantes ! – j'eus je ne sais quelle idée obscure d'avoir déjà vu ce gentilhomme dans une *tout autre circonstance* que celle de Wiesbaden.

En effet, ce visage était d'une accentuation de traits inoubliable et la lueur des yeux, au moment du clin des paupières, jetait sur ce teint comme l'idée d'une torche intérieure.

Quelle était cette circonstance ? Je m'efforçais en vain de la nettifier en mon esprit. Céderai-je même à la tentation d'énoncer les confuses notions qu'elle éveillait en moi ?

C'étaient celles d'un événement pareil à ceux que l'on voit dans les songes.

Où *cela pouvait-il bien* s'être passé ? Comment accorder mes souvenirs habituels avec ces intenses idées lointaines de meurtre, de silence profond, de brume, de faces effarées, de flambeaux et de sang, qui surgissaient dans ma conscience, avec une sensation de *positivisme* insupportable, à la vue de ce personnage ?

– Ah çà ! balbutiai-je très bas, est-ce que j'ai la berlue, ce soir ?

Je bus un verre de champagne.

Les ondes sonores du système nerveux ont de ces vibrations mystérieuses. Elles assourdissent, pour ainsi dire, par la diversité de leurs échos, l'analyse du coup initial qui les a produites. La mémoire distingue le milieu ambiant de la chose, et la *chose* elle-même se noie dans cette sensation générale, jusqu'à demeurer opiniâtrement indiscernable.

Il en est de cela comme de ces figures autrefois familières qui, revues à l'improviste, troublent, avec une évocation tumultueuse d'impressions encore ensommeillées, et qu'*alors* il est impossible de nommer.

Mais les hautes manières, la réserve enjouée, la dignité bizarre de l'inconnu – sortes de voiles tendus sur la réalité à coup sûr très sombre de sa nature – m'induisirent à traiter (pour l'instant, du moins) ce rapprochement comme un fait imaginaire, comme une sorte de perversion visuelle née de la fièvre et de la nuit.

Je résolus donc de faire bon visage au festin, selon mon devoir et mon plaisir.

On se levait de table par jeunesse, – et les fusées des éclats de rire vinrent se mêler aux boutades harmonieuses frappées au hasard, sur le piano, par des doigts légers.

J'oubliai donc toute préoccupation. Ce furent, bientôt des scintillements de concetti [1], des aveux légers, de ces baisers vagues (pareils au bruit de ces feuilles de fleurs que les belles distraites font claquer sur le dessus de leurs mains), ce furent des feux de sourires et de diamants : la magie des profonds miroirs réfléchissait, silencieusement, à l'infini, en longues files bleuâtres, les lumières, les gestes.

C*** et moi, nous nous abandonnâmes au rêve à travers la conversation.

Les objets se transfigurent selon le magnétisme des personnes qui les approchent, toutes choses n'ayant d'autre signification, pour chacun, que celle que chacun *peut* leur prêter.

Ainsi, le moderne de ces dorures violentes, de ces meubles lourds et de ces cristaux unis était racheté par les regards de mon camarade lyrique [2] C*** et par les miens.

Pour nous, ces candélabres *étaient*, nécessairement, d'un or vierge, et les ciselures en étaient, certes ! signées par un Quinze-Vingt [3] authentique, orfèvre de naissance. Positivement, ces meubles ne pouvaient émaner que d'un tapissier luthérien [4] devenu fou, sous Louis XIII, par terreurs religieuses. De qui ces cristaux devaient-ils provenir, sinon d'un verrier de Prague, dépravé par quelque amour penthésiléen [5] ? Ces draperies de Damas n'étaient autres, à coup sûr, que ces pourpres anciennes, enfin retrouvées à

---

1. *Concetti* : traits d'esprit, jeux de mots spirituels (terme italien).
2. *Lyrique* : qui exprime des sentiments sans retenue.
3. *Quinze-Vingt* : membre d'une institution fondée par Saint Louis pour accueillir les chevaliers revenus aveugles des croisades.
4. *Luthérien* : de religion protestante.
5. *Penthésiléen* : adjectif formé sur Penthélisée, reine des Amazones dans la mythologie antique.

Herculanum, dans le coffre aux *velaria*[1] sacrés des temples d'Asclépios[2] ou de Pallas[3]. La crudité, vraiment singulière, du tissu s'expliquait, à la rigueur, par l'action corrosive de la terre et de la lave ? et – imperfection précieuse ! – le rendait unique dans l'univers.

Quant au linge, notre âme conservait un doute sur son origine. Il y avait lieu d'y saluer des échantillons de bures[4] lacustres[5]. Tout au moins ne désespérions-nous pas de retrouver, dans les signes brodés sur la trame, les indices d'une provenance accade[6] ou troglodyte[7]. Peut-être étions-nous en présence des innombrables lés[8] du suaire de Xisouthros[9], blanchis et débités, au détail, comme toiles de table. Nous dûmes, toutefois, après examen, nous contenter d'y soupçonner les inscriptions cunéiformes[10] d'un menu rédigé simplement sous Nemrod[11], nous jouissions déjà de la surprise et de la joie de M. Oppert[12], lorsqu'il apprendrait cette découverte enfin récente.

Puis la Nuit jetait ses ombres, ses effets étranges et ses demi-teintes sur les objets, renforçant la bonne volonté de nos convictions et de nos rêves.

Le café fumait dans les tasses transparentes : C*** consumait doucereusement un havane et s'enveloppait de flocons de fumée blanche, comme un demi-dieu dans un nuage.

Le baron de H***, les yeux demi-fermés, étendu sur un sofa,

---

1. *Velaria* : « voiles », en latin.
2. *Asclépios* : dieu grec de la médecine.
3. *Pallas* : surnom de la déesse Athéna.
4. *Bures* : grossières étoffes de laine.
5. *Lacustres* : relatives aux lacs.
6. *Accade* : aujourd'hui *akkadienne* ; du pays d'Akkad, région de Mésopotamie.
7. *Troglodyte* : peuple vivant dans des grottes.
8. *Lés* : morceaux de tissu.
9. *Xisouthros* : roi légendaire contemporain du Déluge.
10. *Cunéiforme* : qui appartient à l'écriture cunéiforme, écriture des Assyriens.
11. *Nemrod* : personnage biblique, roi de Babel.
12. *M. Oppert* (1825-1905) : orientaliste spécialiste de l'écriture cunéiforme.

l'air un peu banal, un verre de champagne dans sa main pâle qui pendait sur le tapis, paraissait écouter, avec attention, les prestigieuses mesures du duo nocturne (dans le *Tristan et Yseult* de Wagner), que jouait Susannah en détaillant les modulations incestueuses avec beaucoup de sentiment. Antonie et Clio la Cendrée, enlacées et radieuses, se taisaient, pendant les accords lentement résolus par cette bonne musicienne.

Moi, charmé jusqu'à l'insomnie, je l'écoutais aussi, auprès du piano.

Chacune de nos blanches inconstantes avait choisi le velours ce soir-là.

La touchante Antonie, aux yeux de violettes, était en noir, sans une dentelle. Mais la ligne de velours de sa robe n'étant pas ourlée, ses épaules et son col, en véritable carrare [1], tranchaient durement sur l'étoffe.

Elle portait un mince anneau d'or à son petit doigt et trois bluets de saphirs resplendissaient dans ses cheveux châtains, lesquels tombaient, fort au-dessous de sa taille, en deux nattes calamistrées [2].

Au moral, un personnage auguste lui ayant demandé, un soir, si elle était « honnête » :

– Oui, monseigneur, avait répondu Antonie, honnête, en France, n'étant plus que le synonyme de poli.

Clio la Cendrée, une exquise blonde aux yeux noirs – la déesse de l'Impertinence ! – (une jeune désenchantée que le prince Solt... avait baptisée, à la russe, en lui versant de la mousse de Roederer sur les cheveux) – était en robe de velours vert, bien moulée, et une rivière de rubis lui couvrait la poitrine.

On citait cette jeune créole de vingt ans comme le modèle de toutes les vertus répréhensibles. Elle eût enivré les plus austères philosophes de la Grèce et les plus profonds métaphysiciens de

---

1. *Carrare* : variété de marbre.
2. *Calamistrées* : bouclées.

l'Allemagne. Des dandies[1] sans nombre s'en étaient épris jusqu'au coup d'épée, jusqu'à la lettre de change, jusqu'au bouquet de violettes.

Elle revenait de Bade, ayant laissé quatre ou cinq mille louis sur le tapis, en riant comme une enfant.

Au moral, une vieille dame germaine et d'ailleurs squalide[2], pénétrée de ce spectacle, lui avait dit, au Casino :

– Mademoiselle, prenez garde : il faut manger un peu de pain quelquefois et vous semblez l'oublier.

– Madame, avait répondu en rougissant la belle Clio, merci du conseil. En retour, apprenez de moi que, pour d'aucunes, le pain ne fut jamais qu'un préjugé.

Annah, ou plutôt Susannah Jackson, la Circé[3] écossaise, aux cheveux plus noirs que la nuit, aux regards de sarisses[4], aux petites phrases acidulées, étincelait, indolemment, dans le velours rouge.

Celle-là, ne la rencontrez pas jeune étranger ! L'on vous assure qu'elle est pareille aux sables mouvants : elle enlise le système nerveux. Elle distille le désir. Une longue crise maladive énervante et folle, serait votre partage. Elle compte des deuils divers dans ses souvenirs. Son genre de beauté, dont elle est sûre, enfièvre les simples mortels jusqu'à la frénésie.

Son corps est comme un sombre lys, quand même virginal ! Il justifie son nom qui, en vieil hébreu, signifie, je crois, cette fleur.

Quelque raffiné que vous vous supposiez être (dans un âge peut-être encore tendre, jeune étranger !), si votre mauvaise étoile permet que vous vous trouviez sur le chemin de Susannah Jackson, nous n'aurons qu'à nous figurer un tout jeune homme s'étant exclusivement sustenté d'œufs et de lait pendant vingt ans consécutifs et soumis, tout à coup, sans vains préambules, à un régime exaspérant – (continuel !) – d'épices extramordantes et de

---

1. ***Dandies*** : jeunes gens à la mode.
2. ***Squalide*** : ignoble.
3. ***Circé*** : personnage de magicienne dans *L'Odyssée*, d'Homère.
4. ***Sarisses*** : aigus.

condiments dont la saveur ardente et fine lui convulse le goût, le brise et l'affole, pour avoir votre fidèle portrait la quinzaine suivante.

La savante charmeuse s'est amusée, parfois, à tirer des larmes de désespoir à de vieux lords blasés, car on ne la séduit que par le plaisir. Son projet, d'après quelques phrases, est d'aller s'ensevelir dans un cottage d'un million sur les bords de la Clyde, avec un bel enfant qu'elle s'y distraira, languissamment, à tuer à son aise.

Au moral, le sculpteur C.-B*** la raillait, un jour, sur le terrible petit signe noir qu'elle possède près de l'un des yeux.

– L'Artiste inconnu qui a taillé votre marbre, lui disait-il, a négligé cette petite pierre.

– Ne dites pas de mal de la petite pierre, répondit Susannah : c'est celle qui fait tomber.

C'était la correspondance d'une panthère.

Chacune de ces femmes nocturnes avait à la ceinture un loup de velours, vert, rouge ou noir, aux doubles faveurs d'acier.

Quant à moi (s'il est bien nécessaire de parler de ce convive), je portais aussi un masque ; moins apparent, voilà tout.

Comme au spectacle, en une stalle centrale, on assiste, pour ne pas déranger ses voisins – par courtoisie, en un mot –, à quelque drame écrit dans un style fatigant et dont le sujet vous déplaît, ainsi je vivais par politesse.

Ce qui ne m'empêchait point d'arborer joyeusement une fleur à ma boutonnière, en vrai chevalier de l'ordre du Printemps.

Sur ces entrefaites, Susannah quitta le piano. Je cueillis un bouquet sur la table et vins le lui offrir avec des yeux railleurs.

– Vous êtes, lui dis-je, une *diva* ! Portez l'une de ces fleurs pour l'amour des amants inconnus.

Elle choisit un brin d'hortensia qu'elle plaça, non sans amabilité, à son corsage.

– Je ne lis pas les lettres anonymes ! répondit-elle en posant le reste de mon « sélam[1] » sur le piano.

---

1. *Sélam* : bouquet oriental.

La profane et brillante créature joignit ses mains sur l'épaule de l'un d'entre nous – pour retourner à sa place sans doute.

– Ah ! froide Susannah, lui dit C*** en riant, vous êtes venue, ce semble, au monde, à la seule fin d'y rappeler que la neige brûle.

C'était là, je pense, un de ces compliments alambiqués, tels que les déclins de soupers en inspirent et qui, s'ils ont un sens bien réel, ont ce sens fin *comme un cheveu* ! Rien n'est plus près d'une bêtise et, parfois, la différence en est absolument insensible. À ce propos élégiaque[1], je compris que la mèche des cerveaux menaçait de devenir charbonneuse et qu'il fallait réagir.

Comme une étincelle suffit, parfois, pour en raviver la lumière, je résolus de la faire jaillir, à tout prix, de notre convive taciturne.

En ce moment, Joseph entra, nous apportant (bizarrerie !) du punch glacé, car nous avions résolu de nous griser comme des pairs.

Depuis une minute, je regardais le baron Saturne. Il paraissait impatient, inquiet. Je le vis tirer sa montre, donner un brillant à Antonie et se lever.

– Par exemple, seigneur des lointaines régions, m'écriai-je, à cheval sur une chaise et entre deux flocons de cigare, vous ne songez pas à nous quitter avant une heure ? Vous passeriez pour mystérieux, et c'est de mauvais goût, vous le savez !

– Mille regrets, me répondit-il, mais il s'agit d'un devoir qui ne peut se remettre et qui, désormais, ne souffre plus aucun retard. Veuillez bien recevoir mes actions de grâces pour les instants si agréables que je viens de passer.

– C'est donc, vraiment, un duel ? demanda, comme inquiète, Antonie.

– Bah ! m'écriai-je, croyant, effectivement, à quelque vague querelle de masques, vous vous exagérez, j'en suis sûr, l'importance de cette affaire. Votre homme est sous quelque table. Avant de réaliser le pendant du tableau de Gérôme[2] où vous auriez le

---

1. *Élégiaque* : d'une poésie triste.
2. *Tableau de Gérôme* : allusion au tableau du peintre Gérôme (1824-1904) *Suites d'un bal masqué* qui représente Arlequin tuant Pierrot.

Le Convive des dernières fêtes | 49

rôle du vainqueur, celui d'Arlequin, envoyez le chasseur à votre place, au rendez-vous savoir si l'on vous attend : en ce cas, vos chevaux sauront bien regagner le temps perdu !

– Certes ! appuya C*** tranquillement. Courtisez plutôt la belle Susannah qui se meurt à votre sujet ; vous économiserez un rhume, et vous vous en consolerez en gaspillant un ou deux millions. Contemplez, écoutez et décidez.

– Messieurs je vous avouerai que je suis aveugle et sourd le plus souvent que Dieu me le permet ! dit le baron Saturne.

Et il accentua cette énormité inintelligible de manière à nous plonger dans les conjectures[1] les plus absurdes. Ce fut au point que j'en oubliai l'étincelle en question ! Nous en étions à nous regarder, avec un sourire gêné, les uns les autres, ne sachant que penser de cette « plaisanterie », lorsque, soudain, je ne pus me défendre de jeter une exclamation : je venais de me rappeler où j'avais vu cet homme pour la première fois !

Et il me sembla, brusquement, que les cristaux, les figures, les draperies, que le festin de la nuit s'éclairaient d'une mauvaise lueur, d'une rouge lueur sortie de notre convive, pareille à certains effets de théâtre.

Je me passai la main sur le front pendant un instant de silence, puis je m'approchai de l'étranger :

– Monsieur, chuchotai-je à son oreille, pardonnez si je fais erreur... mais il me semble avoir eu le plaisir de vous rencontrer, il y a cinq ou six ans, dans une grande ville du Midi, à Lyon, je suppose ? vers quatre heures du matin, sur une place publique.

Saturne leva lentement la tête et, me considérant avec attention :

– Ah ! dit-il, c'est possible.

– Oui ! continuai-je en le regardant fixement aussi. Attendez donc ! il y avait même, sur cette place, un objet des plus mélancoliques, au spectacle duquel je m'étais laissé entraîner par deux étudiants de mes amis et que je me promis bien de ne jamais revoir.

---

1. *Conjectures* : hypothèses.

– Vraiment ! dit M. Saturne. Et quel était cet objet, s'il n'y a pas indiscrétion ?

– Ma foi, quelque chose comme l'échafaud, une guillotine, monsieur ! si j'ai bonne mémoire. Oui, c'était la guillotine. Maintenant j'en suis sûr !

Ces quelques paroles s'étaient échangées très bas, oh ! tout à fait bas, entre ce monsieur et moi. C*** et les dames causaient dans l'ombre, à quelques pas de nous, près du piano.

– C'est cela ! je me souviens, ajoutai-je en élevant la voix. Hein ? qu'en pensez-vous, monsieur ?… Voilà, voilà, je l'espère, de la mémoire ? Quoique vous ayez passé très vite devant moi, votre voiture, un instant retardée par la mienne, m'a laissé vous entrevoir aux lueurs des torches. La circonstance incrusta *votre* visage dans mon esprit. Il avait, alors, justement l'expression que je remarque sur vos traits à présent.

– Ah ! ah ! répondit M. Saturne, c'est vrai ! Ce doit être, ma foi, de la plus surprenante exactitude, je l'avoue !

Le rire strident de ce monsieur me donna l'idée d'une paire de ciseaux miraudant[1] les cheveux.

– Un détail, entre autres, continuai-je, me frappa. Je vous vis, de loin, descendre vers l'endroit où était dressée la machine… et, à moins que je ne sois trompé par une ressemblance…

– Vous ne vous êtes pas trompé, *cher* monsieur, c'était bien moi, répondit-il.

À cette parole, je sentis que la conversation était devenue glaciale et que, par conséquent, je manquais, peut-être, de la stricte politesse qu'un bourreau de si étrange acabit[2] était en droit d'exiger de nous. Je cherchais donc une banalité pour changer le cours des pensées qui nous enveloppaient tous les deux, lorsque la belle Antonie se détourna du piano, en disant avec un air de nonchalance :

---

1. *Miraudant* : raccourcissant.
2. *Acabit* : manière d'être.

Le Convive des dernières fêtes | 51

– À propos, mesdames et messieurs, vous savez qu'il y a, ce matin, une exécution ?

– Ah !…, m'écriai-je, remué d'une manière insolite par ces quelques mots.

– C'est ce pauvre docteur de la P***, continua tristement Antonie ; il m'avait soignée autrefois. Pour ma part, je ne le blâme que de s'être défendu devant les juges ; je lui croyais plus d'estomac. Lorsque le sort est fixé d'avance, on doit rire, tout au plus, il me semble, au nez de ces robins [1]. M. de la P*** s'est oublié.

– Quoi ! c'est aujourd'hui ? définitivement ? demandai-je en m'efforçant de prendre une voix indifférente.

– À six heures, l'heure fatale messieurs et mesdames !… répondit Antonie. Ossian, le bel avocat, la coqueluche du faubourg Saint-Germain, est venu me l'annoncer, pour me faire sa cour à sa manière, hier au soir. Je l'avais oublié. Il paraît même *qu'on a fait venir un étranger (!) pour aider M. de Paris, vu la solennité du procès et la distinction du coupable.*

Sans remarquer l'absurdité de ces derniers mots, je me tournai vers M. Saturne. Il se tenait debout devant la porte, enveloppé d'un grand manteau noir, le chapeau à la main, l'air officiel.

Le punch me troublait un peu la cervelle ! Pour tout dire j'avais des idées belliqueuses. Craignant d'avoir commis en l'invitant ce qui s'appelle, je crois, une « gaffe » en style de Paris, la figure de cet intrus (quel qu'il fût) me devenait insupportable et je contenais, à grand-peine, mon désir de le lui faire savoir.

– Monsieur le baron, lui dis-je en souriant, d'après vos sous-entendus singuliers, nous serions presque en droit de vous demander si ce n'est pas, un peu, comme la Loi « que vous êtes sourd et aveugle aussi souvent que Dieu vous le permet » ?

Il s'approcha de moi, se pencha d'un air plaisant et me répondit à voix basse :

---

1. *Robins* : expression péjorative pour désigner des hommes de robe, des juges.

– Mais taisez-vous donc, il y a des dames !

Il salua circulairement et sortit, me laissant muet, un peu frémissant et ne pouvant en croire mes oreilles.

Lecteur, un mot, ici. Lorsque Stendhal voulait écrire une histoire d'amour un peu sentimentale, il avait coutume, on le sait, de relire, d'abord, une demi-douzaine de pages du Code pénal, pour – disait-il – se donner le ton. Pour moi, m'étant mis en tête d'écrire certaines histoires, j'avais trouvé plus pratique, après mûre réflexion, de fréquenter, tout bonnement, le soir, l'un des cafés du passage de Choiseul où feu M. X***, l'ancien exécuteur des hautes œuvres[1] de Paris, venait, *presque* quotidiennement, faire sa petite partie d'impériale[2], incognito. C'était, me semblait-il, un homme aussi bien élevé que tel autre ; il parlait d'une voix fort basse, mais très distincte, avec un bénin sourire. Je m'asseyais à une table voisine et il me divertissait quelque peu lorsque emporté par le démon du jeu, il s'écriait brusquement : « – Je coupe ! » sans y entendre malice. Ce fut là, je m'en souviens, que j'écrivis mes plus *poétiques* inspirations, pour me servir d'une expression bourgeoise. J'étais donc à l'épreuve de cette grosse sensation d'horreur convenue que causent aux passants ces messieurs de la robe courte.

Il était donc étrange que je me sentisse, en ce moment, sous l'impression d'un saisissement aussi intense, parce que notre convive de hasard venait de se déclarer l'un d'entre eux.

C*** qui, pendant les derniers mots, nous avait rejoints, me frappa légèrement sur l'épaule.

– Perds-tu la tête ? me demanda-t-il.

– Il aura fait quelque gros héritage et n'exerce plus qu'en attendant un successeur !…, murmurai-je, très énervé par les fumées du punch.

– Bon ! dit C***, ne vas-tu pas supposer qu'il est, réellement, attaché à la cérémonie en question ?

---

1. *Exécuteur des hautes œuvres* : bourreau.
2. *Impériale* : jeu de cartes.

– Tu as donc saisi le sens de notre petite causerie, mon cher !
lui dis-je tout bas : courte mais instructive ! Ce monsieur est un
simple exécuteur ! Belge, probablement. C'est l'exotique dont parlait Antonie tout à l'heure. Sans sa présence d'esprit, j'eusse essuyé
une déconvenue en ce qu'il eût effrayé ces jeunes personnes.

– Allons donc ! s'écria C*** : un exécuteur en équipage de
trente mille francs ? qui donne des diamants à sa voisine ? qui
soupe à la Maison Dorée la veille de prodiguer ses soins à un
client ? Depuis ton café de Choiseul, tu vois des bourreaux partout. Bois un verre de punch ! Ton M. Saturne est un assez
mauvais plaisant, tu sais ?

À ces mots, il me sembla que la logique, oui, que la froide
raison était du côté de ce cher poète. Fort contrarié, je pris à la
hâte mes gants et mon chapeau et me dirigeai très vite sur le seuil,
en murmurant :

– Bien.

– Tu as raison, dit C***.

– Ce lourd sarcasme a duré très longtemps, ajoutai-je en
ouvrant la porte du salon. Si j'atteins ce mystificateur funèbre, je
jure que...

– Un instant : jouons à qui *passera le premier*, dit C***.

J'allais répondre le nécessaire et disparaître lorsque, derrière
mon épaule, une voix allègre et bien connue s'écria sous la tenture soulevée :

– Inutile ! Restez, mon cher ami.

En effet, notre illustre ami, le petit docteur Florian Les Églisottes, était entré pendant nos dernières paroles : il était devant
moi, tout sautillant, dans son witchoûra[1] couvert de neige.

– Mon cher docteur, lui dis-je, dans l'instant je suis à vous,
mais...

Il me retint :

– Lorsque je vous aurai conté l'histoire de l'homme qui

---

1. ***Witchoûra*** : manteau de fourrure polonais.

sortait de ce salon quand je suis arrivé, continua-t-il, je parie que vous ne vous soucierez plus de lui demander compte de ses saillies[1] ! D'ailleurs, il est trop tard : sa voiture l'a emporté loin d'ici déjà.

Il prononça ces mots sur un ton si étrange qu'il m'arrêta définitivement.

– Voyons l'histoire, docteur, dis-je en me rasseyant, après un moment. Mais, songez-y, Les Églisottes : vous répondez de mon inaction et la prenez sous votre bonnet[2].

Le prince de la Science posa dans un coin sa canne à pomme d'or, effleura, galamment, du bout des lèvres, les doigts de nos trois belles interdites, se versa un peu de madère et, au milieu du silence fantastique dû à l'incident – et à son entrée personnelle –, commença en ces termes.

– Je comprends toute l'aventure de ce soir. Je me sens au fait de tout ce qui vient de se passer comme si j'avais été des vôtres !… Ce qui vous est arrivé, sans être précisément alarmant, est, néanmoins, une chose qui aurait pu le devenir.

– Hein ? dit C***.

– Ce monsieur est bien, en effet, le baron de H***, il est d'une haute famille d'Allemagne ; il est riche à millions ; mais…

Le docteur nous regarda :

– Mais le prodigieux cas d'aliénation mentale dont il est frappé, ayant été constaté par les facultés médicales de Munich et de Berlin, présente la plus extraordinaire et la plus incurable de toutes les monomanies[3] enregistrée jusqu'à ce jour ! acheva le docteur du même ton que s'il se fût trouvé à son cours de physiologie comparée.

– Un fou ! Qu'est-ce à dire, Florian, que signifie cela ? murmura C*** en allant pousser le verrou léger de la serrure.

---

1. *Saillies* : traits d'esprit.
2. *Sous votre bonnet* : sous votre responsabilité.
3. *Monomanies* : obsessions maladives.

Ces dames, elles-mêmes, avaient changé de sourire à cette révélation.

Quant à moi, je croyais, positivement, rêver depuis quelques minutes.

— Un fou !…, s'écria Antonie ; mais, on renferme ces personnes, il me semble ?

— Je croyais avoir fait observer que notre gentilhomme était plusieurs fois millionnaire, répliqua fort gravement Les Églisottes. C'est donc lui qui fait enfermer les autres, ne vous en déplaise.

— Et quel est son genre de manie ? demanda Susannah. Je le trouve très gentil, moi, ce monsieur, je vous en préviens !

— Vous ne serez peut-être pas de cet avis tout à l'heure, madame ! continua le docteur en allumant une cigarette.

Le petit jour livide teintait les vitres, les bougies jaunissaient, le feu s'éteignait, ce que nous entendions nous donnait la sensation d'un cauchemar. Le docteur n'était pas de ceux auxquels la mystification[1] est familière : ce qu'il disait devait être aussi froidement réel que la machine dressée là-bas sur la place.

— Il paraîtrait, continua-t-il entre deux gorgées de madère, qu'aussitôt sa majorité, ce jeune homme taciturne s'embarqua pour les Indes orientales ; il voyagea beaucoup dans les contrées de l'Asie. Là commence le mystère épais qui cache l'origine de son accident. Il assista, pendant certaines révoltes, dans l'Extrême-Orient, à ces supplices rigoureux que les lois en vigueur dans ces parages infligent aux rebelles et aux coupables. Il y assista, d'abord, sans doute, par une simple curiosité de voyageur. Mais, à la vue de ces supplices, il paraîtrait que les instincts d'une cruauté qui dépasse les capacités de conception connues s'émurent en lui, troublèrent son cerveau, empoisonnèrent son sang et finalement le rendirent l'être singulier qu'il est devenu. Figurez-vous qu'à force d'or, le baron de H*** pénétra dans les vieilles prisons des villes principales de la Perse, de l'Indochine et du Tibet et

---

1. *Mystification* : mensonge.

qu'il obtint, plusieurs fois, des gouverneurs d'exercer les horribles fonctions de justicier, aux lieu et place des exécuteurs orientaux. Vous connaissez l'épisode des quarante livres pesant d'yeux crevés qui furent apportés, sur deux plats d'or, au shah Nasser-Eddin, le jour où il fit son entrée solennelle dans une ville révoltée ? Le baron, vêtu en homme du pays, fut l'un des plus ardents zélateurs [1] de toute cette atrocité. L'exécution des deux chefs de la sédition fut d'une plus stricte horreur. Ils furent condamnés d'abord à se voir arracher toutes les dents par des tenailles, puis à l'enfoncement de ces mêmes dents en leurs crânes, rasés à cet effet, – et ceci de manière à y former les initiales persanes du nom glorieux du successeur de Feth-Ali-shah. Ce fut encore notre amateur qui, moyennant un sac de roupies obtint de les exécuter lui-même et avec la gaucherie compassée qui le distingue. (Simple question : quel est le plus insensé de celui qui ordonne de tels supplices ou de celui qui les exécute ? Vous êtes révoltés ? Bah ! Si le premier de ces deux hommes daignait venir à Paris, nous serions trop honorés de lui tirer des feux d'artifice et d'ordonner aux drapeaux de nos armées de s'incliner sur son passage, le tout fût-ce au nom des « immortels principes de 89 ». Donc, passons.) S'il faut en croire les rapports des capitaines Hobbs et Egginson, les raffinements que sa monomanie croissante lui suggéra, dans ces occasions, ont surpassé, de toute la hauteur de l'absurde, celles des Tibère [2] et des Héliogabale [3], et toutes celles qui sont mentionnées dans les fastes [4] humains. Car, ajouta le docteur, un fou ne saurait être égalé en *perfection* sur le point où il déraisonne.

Le docteur Les Églisottes s'arrêta et nous regarda, tour à tour, d'un air goguenard.

---

1. *Zélateurs* : participants actifs.
2. *Tibère* (42 av. J.-C.-37 apr. J.-C.) : empereur romain.
3. *Héliogabale* (204-222) : empereur romain.
4. *Fastes* : registres conservant le souvenir d'événements mémorables.

À force d'attention, nous avions laissé nos cigares s'éteindre pendant ce discours.

– Une fois de retour en Europe, continua le docteur, le baron de H***, *blasé jusqu'à faire espérer sa guérison*, fut bientôt ressaisi par sa fièvre chaude. Il n'avait qu'un rêve, un seul, plus morbide, plus glacé que toutes les abjectes imaginations du marquis de Sade : c'était, tout bonnement, de se faire délivrer le brevet d'Exécuteur des hautes œuvres GÉNÉRAL de toutes les capitales de l'Europe. Il prétendait que les bonnes traditions et que l'habileté périclitaient dans cette branche artistique de la civilisation ; qu'il y avait, comme on dit, péril en la demeure, et, fort des services qu'il avait rendus en Orient (écrivait-il dans les placets[1] qu'il a souvent envoyés), il espérait (si les souverains daignaient l'honorer de leur confiance) arracher aux prévaricateurs[2] les hurlements les plus modulés que jamais oreilles de magistrat aient entendus sous la voûte d'un cachot. (Tenez ! quand on parle de Louis XVI devant lui, son œil s'allume et reflète une haine d'outre-tombe extraordinaire : Louis XVI est, en effet, le souverain qui a cru devoir abolir la question préalable[3], et ce monarque est le seul homme que M. de H*** ait probablement jamais haï.)

« Il échoua toujours, dans ces placets, comme bien vous le pensez, et c'est grâce aux démarches de ses héritiers qu'on ne l'a pas enfermé selon ses mérites. En effet, des clauses du testament de son père, feu le baron de H***, forcent la famille à éviter sa mort civile à cause des énormes préjudices d'argent que cette mort entraînerait pour les proches de ce personnage. Il voyage donc, en liberté. Il est au mieux avec tous ces messieurs de la Justice-capitale. Sa première visite est pour eux, dans toutes les villes où il passe. Il leur a souvent offert des sommes très fortes pour le laisser opérer à leur place, et je crois, entre nous (ajouta le

---

1. *Placets* : lettres de demandes officielles.
2. *Prévaricateurs* : traîtres.
3. *La question préalable* : la torture.

docteur en clignant de l'œil), qu'en Europe il en a débauché quelques-uns.

« À part ces équipées, on peut dire que sa folie est inoffensive, puisqu'elle ne s'exerce que sur des personnes désignées par la Loi. En dehors de son aliénation mentale le baron de H*** a la renommée d'un homme de mœurs paisibles et, même, engageantes. De temps à autre, sa mansuétude [1] ambiguë donne, peut-être, froid dans le dos, comme on dit, à ceux de ses intimes qui sont au courant de sa terrible turlutaine [2], mais c'est tout.

« Néanmoins, il parle souvent de l'Orient avec quelque regret et doit incessamment y retourner. La privation du diplôme de Tortionnaire-en-chef du globe l'a plongé dans une mélancolie noire. Figurez-vous les rêveries de Torquemada ou d'Arbuez [3], des ducs d'Albe ou d'York [4]. Sa monomanie s'empire de jour en jour. Aussi, toutes les fois qu'il se présente une exécution, en est-il averti par des émissaires secrets – avant les gentilshommes de la hache eux-mêmes ! Il court, il vole, il dévore la distance, sa place est réservée au pied de la machine. Il y est, en ce moment où je vous parle : il ne dormirait pas tranquille s'il n'avait pas obtenu le dernier regard du condamné.

« Voilà, messieurs et mesdames, le gentleman avec lequel vous avez eu l'heur de frayer cette nuit. J'ajouterai que, sorti de sa démence et dans ses rapports avec la société, c'est un homme du monde vraiment irréprochable et le causeur le plus entraînant, le plus enjoué, le plus…

– Assez, docteur ! par grâce ! s'écrièrent Antonie et Clio la Cendrée, que le badinage strident et sardonique [5] de Florian avait impressionnées extraordinairement.

---

1. *Mansuétude* : douceur, gentillesse.
2. *Turlutaine* : manie.
3. *Torquemada*, *Arbuez* : célèbres inquisiteurs espagnols.
4. *Les ducs d'Albe ou d'York* : ces deux princes sont connus pour avoir mené de féroces répressions contre leurs opposants.
5. *Sardonique* : moqueur.

– Mais c'est le sigisbée[1] de la Guillotine ! murmura Susannah : c'est le *dilettante* de la Torture !

– Vraiment, si je ne vous connaissais pas, docteur…, balbutia C***.

– Vous ne croiriez pas ? interrompit Les Églisottes. Je ne l'ai pas cru, moi-même, pendant longtemps ; mais, si vous voulez, nous allons aller là-bas. J'ai justement ma carte ; nous pourrons parvenir jusqu'à lui, malgré la haie de cavalerie. Je ne vous demanderai que d'observer son visage, voilà tout, pendant l'accomplissement de la sentence. Après quoi, vous ne douterez plus.

– Grand merci de l'invitation ! s'écria C*** ; je préfère vous croire, malgré l'absurdité vraiment mystérieuse du fait.

– Ah ! c'est un type que votre baron !… continua le docteur en attaquant un buisson d'écrevisses resté vierge miraculeusement.

Puis, nous voyant tous devenus moroses :

– Il ne faut pas vous étonner ni vous affecter outre mesure de mes confidences à ce sujet ! dit-il. Ce qui constitue la hideur[2] de la chose, c'est la particularité de la monomanie. Quant au reste, un fol est un fol, rien de plus. Lisez les aliénistes[3] : vous y relèverez des cas d'une étrangeté presque aussi surprenante ; et ceux qui en sont atteints, je vous jure que nous les coudoyons en plein midi, à chaque instant, sans en rien soupçonner.

– Mes chers amis, conclut C*** après un moment de saisissement général, je n'éprouverais pas, je l'avoue, d'éloignement bien précis à choquer mon verre contre celui que me tendrait un bras séculier, comme on disait au temps où les bras des exécuteurs pouvaient être religieux. Je n'en chercherais pas l'occasion, mais si elle s'offrait à moi, je vous dirais, sans trop déclamer (et Les Églisottes, surtout, me comprendra), que l'aspect ou même la compagnie de ceux qui exercent les fonctions capitales ne saurait

---

1. *Sigisbée* : cavalier servant.
2. *Hideur* : laideur.
3. *Aliénistes* : médecins spécialisés dans le traitement des aliénés.

m'impressionner en aucune façon. Je n'ai jamais très bien compris les *effets* des mélodrames à ce sujet.

« Mais la vue d'un homme tombé en démence, parce qu'il ne peut remplir *légalement* cet office, ah ! ceci, par exemple, me cause quelque impression. Et je n'hésite pas à le déclarer : s'il est, parmi l'Humanité, des âmes échappées d'un Enfer, notre convive de ce soir est une des pires que l'on puisse rencontrer. Vous aurez beau l'appeler fol, cela n'explique pas sa nature originelle. Un bourreau réel me serait indifférent ; notre affreux maniaque me fait frissonner d'un frisson indéfinissable ! »

Le silence qui accueillit les paroles de C*** fut solennel comme si la Mort eût laissé voir, brusquement, sa tête chauve entre les candélabres.

– Je me sens un peu indisposée, dit Clio la Cendrée d'une voix que la surexcitation nerveuse et le froid de l'aurore intervenue entrecoupaient. Ne me laissez point toute seule. Venez à la villa. Tâchons d'oublier cette aventure, messieurs et amis ; venez : il y a des bains, des chevaux et des chambres pour dormir. (Elle savait à peine ce qu'elle disait.) C'est au milieu du Bois, nous y serons dans vingt minutes. Comprenez-moi, je vous en prie. L'idée de ce monsieur me rend presque malade, et, si j'étais seule, j'aurais quelque inquiétude de le voir entrer tout à coup, une lampe à la main, éclairant son fade sourire qui fait peur.

– Voilà, certes, une nuit énigmatique ! dit Susannah Jackson.

Les Églisottes s'essuyait les lèvres d'un air satisfait, ayant terminé son buisson.

Nous sonnâmes : Joseph parut. Pendant que nous en finissions avec lui, l'Écossaise, en se touchant les joues d'une petite *houppe*[1] de cygne, murmura, tranquillement, auprès d'Antonie :

– N'as-tu rien à dire à Joseph, petite Yseult ?

– Si fait, répondit la jolie et toute pâle créature, et tu m'as devinée, folle !

---

1. *Houppe* : petite touffe de plumes pour se maquiller.

Puis se tournant vers l'intendant :

– Joseph, continua-t-elle, prenez cette bague : le rubis en est un peu foncé pour moi. N'est-ce pas, Suzanne ? Tous ces brillants ont l'air de pleurer autour de cette goutte de sang. Vous la ferez vendre aujourd'hui et vous en remettrez le montant aux mendiants qui passent devant la maison.

Joseph prit la bague, s'inclina de ce salut somnambulique dont il eut seul le secret et sortit pour faire avancer les voitures pendant que ces dames achevaient de rajuster leurs toilettes, s'enveloppaient de leurs longs dominos de satin noir et remettaient leurs masques.

Six heures sonnèrent.

– Un instant, dis-je en étendant le doigt vers la pendule : voici une heure qui nous rend tous un peu complices de la folie de cet homme. Donc, ayons plus d'indulgence pour elle. Ne sommes-nous pas, en ce moment même, implicitement, d'une barbarie à peu près aussi morne que la sienne ?

À ces mots, l'on resta debout, en grand silence.

Susannah me regarda sous son masque : j'eus la sensation d'une lueur d'acier. Elle détourna la tête et entrouvrit une fenêtre, très vite.

L'heure sonnait, au loin, à tous les clochers de Paris.

Au *sixième* coup, tout le monde tressaillit profondément, et je regardai, pensif, la tête d'un démon de cuivre, aux traits crispés, qui soutenait, dans une patère[1], les flots sanglants des rideaux rouges.

---

1. *Patère* : ornement de cuivre destiné à soutenir les draperies.

Le Désir d'être un homme

À M. Catulle Mendès[1].

> Un de ces hommes devant lesquels la Nature peut se dresser
> et dire : « Voilà un Homme ! »
> SHAKESPEARE, *Jules César*.

Minuit sonnait à la Bourse, sous un ciel plein d'étoiles. À cette époque, les exigences d'une loi militaire pesaient encore sur les citadins et d'après les injonctions[2] relatives au couvre-feu[3], les garçons des établissements encore illuminés s'empressaient pour la fermeture.

Sur les boulevards, à l'intérieur des cafés, les papillons de gaz des girandoles[4] s'envolaient très vite, un à un, dans l'obscurité. L'on entendait du dehors le brouhaha des chaises portées en quatuors sur les tables de marbre ; c'était l'instant psychologique où

---

1. *Catulle Mendès* : écrivain, poète et dramaturge, ami de Villliers, à l'origine du mouvement parnassien. Ils fréquentèrent ensemble le monde du théâtre.
2. *Injonctions* : ordres.
3. *Couvre-feu* : interdiction de sortir après une heure fixée. L'action se situe en 1870 ou 1871 après les troubles causés par la guerre franco-prussienne : cette interdiction était encore en vigueur à Paris.
4. *Girandoles* : lampes.

chaque limonadier[1] juge à propos d'indiquer d'un bras terminé par une serviette, les fourches caudines[2] de la porte basse[3] aux derniers consommateurs.

Ce dimanche-là sifflait le triste vent d'octobre. De rares feuilles jaunies, poussiéreuses et bruissantes, filaient dans les rafales, heurtant les pierres, rasant l'asphalte, puis, semblances de chauves-souris, disparaissaient dans l'ombre éveillant ainsi l'idée de jours banals à jamais vécus. Les théâtres du boulevard du Crime[4] où, pendant la soirée s'étaient entrepoignardés à l'envi tous les Médicis, tous les Salviati et tous les Montefeltre[5], se dressaient, repaires du Silence, aux portes muettes gardées par leurs cariatides[6]. Voitures et piétons, d'instant en instant, devenaient plus rares; çà et là, de sceptiques falots[7] de chiffonniers luisaient déjà, phosphorescences dégagées par les tas d'ordures au-dessus desquels ils erraient.

À la hauteur de la rue Hauteville, sous un réverbère à l'angle d'un café d'assez luxueuse apparence, un grand passant à physionomie saturnienne[8], au menton glabre[9], à la démarche somnambulesque, aux longs cheveux grisonnants sous un feutre genre Louis XIII, ganté de noir sur une canne à tête d'ivoire et enveloppé d'une vieille houppelande[10] bleu de roi, fourrée de douteux astrakan, s'était arrêté comme s'il eût machinalement

---

1. *Limonadier* : cafetier.
2. *Fourches caudines* : allusion à un défilé étroit où les soldats romains furent battus en 321 av. J.-C. L'expression, au sens figuré, signifie subir des conditions déshonorantes.
3. *Porte basse* : porte de service.
4. *Boulevard du Crime* : nom donné au boulevard du Temple bordé de nombreux théâtres où se jouaient des mélodrames.
5. *Tous les Médicis, tous les Salviati et tous les Montefeltre* : personnages historiques, héros de pièces de théâtre.
6. *Cariatides* : statues de femmes qui supportent une corniche.
7. *Falots* : grandes lanternes.
8. *Saturnienne* : triste.
9. *Glabre* : sans poils.
10. *Houppelande* : long manteau d'hiver.

hésité à franchir la chaussée qui le séparait du boulevard Bonne-Nouvelle.

Ce personnage attardé regagnait-il son domicile ? Les seuls hasards d'une promenade nocturne l'avaient-ils conduit à ce coin de rue ? Il eût été difficile de le préciser à son aspect. Toujours est-il qu'en apercevant tout à coup, sur sa droite, une de ces glaces étroites et longues comme sa personne – sortes de miroirs publics d'attenance, parfois, aux devantures d'estaminets [1] marquants – il fit une halte brusque, se campa, de face, vis-à-vis de son image et se toisa, délibérément, des bottes au chapeau. Puis, soudain, levant son feutre, d'un geste qui sentait son autrefois, il se salua non sans quelque courtoisie.

Sa tête, ainsi découverte à l'improviste, permit alors de reconnaître l'illustre tragédien Esprit Chaudval, né Lepeinteur, dit Monanteuil, rejeton d'une très digne famille de pilotes malouins [2] et que les mystères de la Destinée avaient induit à devenir grand premier rôle de province, tête d'affiche à l'étranger et rival (souvent heureux) de notre Frédérick Lemaître [3].

Pendant qu'il se considérait avec cette sorte de stupeur, les garçons du café voisin endossaient les pardessus aux derniers habitués, leur désaccrochaient les chapeaux ; d'autres renversaient bruyamment le contenu des tirelires de nickel et empilaient en rond sur un plateau le billon [4] de la journée. Cette hâte, cet effarement provenaient de la présence menaçante de deux subits sergents de ville qui, debout sur le seuil et les bras croisés, harcelaient de leur froid regard le patron retardataire.

Bientôt les auvents furent boulonnés dans leurs châssis de fer – à l'exception du volet de la glace qui, par une inadvertance étrange, fut omis au milieu de la précipitation générale.

---

1. *Estaminets* : cafés.
2. *Malouins* : de Saint-Malo.
3. *Frédérick Lemaître* (1800-1876) : grand acteur romantique de l'époque.
4. *Billon* : monnaie des pourboires.

Puis le boulevard devint très silencieux. Chaudval seul inattentif à toute cette disparition, était demeuré dans son attitude extatique[1] au coin de la rue Hauteville, sur le trottoir, devant la glace oubliée.

Ce miroir livide et lunaire paraissait donner à l'artiste la sensation que celui-ci eût éprouvée en se baignant dans un étang ; Chaudval frissonnait.

Hélas ! disons-le, en ce cristal cruel et sombre, le comédien venait de s'apercevoir vieillissant.

Il constatait que ses cheveux, hier encore poivre et sel, tournaient au clair de lune, c'en était fait ! Adieu rappels et couronnes, adieu roses de Thalie[2], lauriers de Melpomène[3] ! Il fallait prendre congé pour toujours, avec des poignées de mains et des larmes, des Ellevious et des Laruettes, des grandes livrées et des rondeurs, des Dugazons et des ingénues[4] !

Il fallait descendre en toute hâte du chariot de Thespis[5] et le regarder s'éloigner emportant les camarades ! Puis, voir les oripeaux[6] et les banderoles qui, le matin, flottaient au soleil jusque sur les roues, jouets du vent joyeux de l'Espérance, les voir disparaître au coude lointain de la route, dans le crépuscule.

Chaudval, brusquement conscient de la cinquantaine (c'était un excellent homme), soupira. Un brouillard lui passa devant les yeux ; une espèce de fièvre hivernale le saisit et l'hallucination dilata ses prunelles.

La fixité hagarde[7] avec laquelle il sondait la glace providentielle finit par donner à ses pupilles cette faculté d'agrandir les

---

1. *Extatique* : en extase.
2. *Thalie* : muse de la comédie.
3. *Melpomène* : muse de la tragédie.
4. *Des Ellevious et des Laruettes [...] et des ingénues* : allusions à des rôles typés du répertoire.
5. *Du chariot de Thespis* : Thespis, poète tragique grec, aurait transporté dans son chariot une première troupe de comédiens ambulants.
6. *Oripeaux* : vieilles étoffes.
7. *Hagarde* : égarée.

objets et de les saturer de solennité, que les physiologistes[1] ont constatée chez les individus frappés d'une émotion très intense.

Le long miroir se déforma donc sous ses yeux chargés d'idées troubles et atones[2]. Des souvenirs d'enfance, de plages et de flots
90 argentés lui dansèrent dans la cervelle. Et ce miroir sans doute à cause des étoiles qui en approfondissaient la surface, lui causa d'abord la sensation de l'eau dormante d'un golfe. Puis s'enflant encore, grâce aux soupirs du vieillard, la glace revêtit l'aspect de la mer et de la nuit, ces deux vieilles amies des cœurs déserts.

95 Il s'enivra quelque temps de cette vision, mais le réverbère qui rougissait la bruine froide derrière lui, au-dessus de sa tête, lui sembla, répercuté au fond de la terrible glace, comme la lueur d'un *phare* couleur de sang qui indiquait le chemin du naufrage au vaisseau perdu de son avenir.

100 Il secoua ce vertige et se redressa, dans sa haute taille, avec un éclat de rire nerveux, faux et amer, qui fit tressaillir, sous les arbres, les deux sergents de ville. Fort heureusement pour l'artiste, ceux-ci, croyant à quelque vague ivrogne, à quelque amoureux déçu, peut-être, continuèrent leur promenade officielle sans accor-
105 der plus d'importance au misérable Chaudval.

– Bien, renonçons ! dit-il simplement et à voix basse comme le condamné à mort qui, subitement réveillé, dit au bourreau : « Je suis à vous, mon ami. »

Le vieux comédien s'aventura, dès lors, en un monologue
110 avec une prostration hébétée[3].

– J'ai prudemment agi, continua-t-il, quand j'ai chargé, l'autre soir, Mlle Pinson, ma bonne camarade (qui a l'oreille du ministre et même l'oreiller), de m'obtenir, entre deux aveux brûlants, cette place de gardien de phare dont jouissaient mes pères sur les côtes
115 ponantaises[4]. Et, tiens ! je comprends l'effet bizarre que m'a

---

1. *Physiologistes* : biologistes.
2. *Atones* : sans expression.
3. *Prostration hébétée* : attitude d'abattement.
4. *Ponantaises* : océaniques.

produit ce réverbère dans cette glace!... C'était mon arrière-pensée. Pinson va m'envoyer mon brevet, c'est sûr. Et j'irai donc me retirer dans mon phare comme un rat dans un fromage. J'éclairerai les vaisseaux au loin, sur la mer. Un phare! cela vous a toujours l'air d'un décor. Je suis seul au monde : c'est l'asile qui, décidément, convient à mes vieux jours.

Tout à coup, Chaudval interrompit sa rêverie.

– Ah çà! dit-il, en se tâtant la poitrine sous sa houppelande, mais... cette lettre remise par le facteur au moment où je sortais, c'est sans doute la réponse?... Comment! j'allais entrer au café pour la lire et je l'oublie! – Vraiment, je baisse! – Bon! la voici!

Chaudval venait d'extraire de sa poche une large enveloppe, d'où s'échappa, sitôt rompue, un pli ministériel qu'il ramassa fiévreusement et parcourut, d'un coup d'œil, sous le rouge feu du réverbère.

– Mon phare! mon brevet! s'écria-t-il. Sauvé, mon Dieu! ajouta-t-il comme par une vieille habitude machinale et d'une voix de fausset si brusque, si différente de la sienne qu'il en regarda autour de lui, croyant à la présence d'un tiers.

– Allons, du calme et... *soyons homme*! reprit-il bientôt.

Mais, à cette parole, Esprit Chaudval, né Lepeinteur, dit Monanteuil, s'arrêta comme changé en statue de sel; ce mot semblait l'avoir immobilisé.

– Hein? continua-t-il après un silence. – Que viens-je de souhaiter là? – D'être un Homme?... Après tout, pourquoi pas?

Il se croisa les bras, réfléchissant.

– Voici près d'un demi-siècle que je *représente*, que je *joue* les passions des autres sans jamais les éprouver, car, au fond, je n'ai jamais rien éprouvé, moi. Je ne suis donc le semblable de ces «autres» que pour rire! Je ne suis donc qu'une *ombre*? Les passions! les sentiments! les actes réels! RÉELS! voilà, voilà ce qui constitue L'HOMME proprement dit! Donc puisque l'âge me force de rentrer dans l'Humanité, je dois me procurer des passions, ou quelque sentiment *réel*..., puisque c'est la condition *sine qua non* sans laquelle on ne saurait prétendre au titre d'Homme. Voilà qui est solidement raisonné ; cela crève de bon sens. Choisissons donc d'éprouver celle qui sera le plus en rapport avec ma nature enfin ressuscitée.

Il médita, puis reprit mélancoliquement :

– L'Amour ?... trop tard. – La Gloire ?... je l'ai connue ! – L'Ambition ?... Laissons cette billevesée[1] aux hommes d'État !

Tout à coup, il poussa un cri :

– J'y suis ! dit-il : LE REMORDS !... – voilà ce qui sied à mon tempérament dramatique.

Il se regarda dans la glace en prenant un visage convulsé, contracté, comme par une horreur surhumaine.

– C'est cela ! conclut-il : Néron ! Macbeth ! Oreste ! Hamlet ! Érostrate[2] ! – Les spectres[3] !... Oh ! oui ! Je veux voir de *vrais* spectres, à mon tour ! – comme tous ces gens-là, qui avaient la chance de ne pas pouvoir faire un pas sans spectres.

Il se frappa le front.

– Mais *comment* ?... Je suis innocent comme l'agneau qui hésite à naître ?

Et après un *temps* nouveau :

– Ah ! *qu'à cela ne tienne* ! reprit-il, qui veut la fin veut les moyens !... J'ai bien le droit de devenir à tout prix ce que je *devrais* être. J'ai droit à l'Humanité ! Pour éprouver des remords, il faut avoir commis des crimes ? Eh bien, va pour des crimes : qu'est-ce que cela fait, du moment que ce sera pour... pour le bon motif ? – Oui... – Soit ! (Et il se mit à faire du dialogue :) – Je vais en perpétrer d'affreux. – Quand ? – Tout de suite. Ne remettons pas au lendemain ! – Lesquels ? – Un seul !... Mais grand ! mais extravagant d'atrocité !... mais de nature à faire sortir de l'enfer

---

1. *Billevesée* : idée irréalisable.
2. *Néron ! Macbeth ! Oreste ! Hamlet ! Érostrate !* : héros de théâtre, rongés par le remords.
3. *Spectres* : fantômes.

toutes les Furies[1] ! – Et lequel ? – Parbleu, le plus éclatant...
Bravo ! J'y suis ! L'INCENDIE ! Donc, je n'ai que le temps d'incendier ! de boucler les malles ! de revenir, dûment blotti derrière la vitre de quelque fiacre, jouir de mon triomphe au milieu de la foule épouvantée ! de bien recueillir les malédictions des mourants, – et de gagner le train du Nord-Ouest avec des remords sur la planche pour le reste de mes jours. Ensuite, j'irai me cacher dans mon phare ! dans la lumière ! en plein Océan ! où la police ne pourra, par conséquent, me découvrir jamais, mon crime étant *désintéressé*. Et j'y râlerai seul. – (Chaudval ici se redressa, improvisant ce vers d'allure absolument cornélienne :) Garanti du soupçon par la grandeur du crime !

C'est dit. – Et maintenant – acheva le grand artiste en ramassant un pavé après avoir regardé autour de lui pour s'assurer de la solitude environnante – et maintenant, toi, tu ne refléteras plus personne.

Et il lança le pavé contre la glace qui se brisa en mille épaves rayonnantes.

Ce premier devoir accompli, et se sauvant à la hâte – comme satisfait de cette première, mais énergique action d'éclat – Chaudval se précipita vers les boulevards où, quelques minutes après et sur ses signaux, une voiture s'arrêta, dans laquelle il sauta et disparut.

Deux heures après, les flamboiements d'un sinistre immense, jaillissant de grands magasins de pétrole, d'huiles et d'allumettes, se répercutaient sur toutes les vitres du faubourg du Temple. Bientôt les escouades de pompiers, roulant et poussant leurs appareils, accoururent de tous côtés, et leurs trompettes, envoyant des cris lugubres, réveillaient en sursaut les citadins de ce quartier populeux. D'innombrables pas précipités retentissaient sur les trottoirs : la foule encombrait la grande place du Château-d'Eau et les rues voisines. Déjà des chaînes s'organisaient en hâte. En

---

[1]. ***Furies*** : trois déesses des Enfers dans la mythologie gréco-romaine.

moins d'un quart d'heure un détachement de troupes formait cordon aux alentours de l'incendie. Des policiers, aux lueurs sanglantes des torches, maintenaient l'affluence humaine aux environs.

Les voitures, prisonnières, ne circulaient plus. Tout le monde vociférait. On distinguait des cris lointains parmi le crépitement terrible du feu. Les victimes hurlaient, saisies par cet enfer, et les toits des maisons s'écroulaient sur elles. Une centaine de familles, celles des ouvriers de ces ateliers qui brûlaient, devenaient, hélas ! sans ressource et sans asile.

Là-bas, un solitaire fiacre, chargé de deux grosses malles, stationnait derrière la foule arrêtée au Château-d'Eau. Et, dans ce fiacre, se tenait Esprit Chaudval, né Lepeinteur, dit Monanteuil ; de temps à autre il écartait le store et contemplait son œuvre.

– Oh ! se disait-il tout bas, comme je me sens en horreur à Dieu et aux hommes ! Oui, voilà, voilà bien le trait d'un réprouvé[1] !...

Le visage du bon vieux comédien rayonnait.

– Ô misérable ! grommelait-il, quelles insomnies vengeresses je vais goûter au milieu des fantômes de mes victimes ! Je sens sourdre en moi[2] l'âme des Néron, brûlant Rome par exaltation d'artiste ! des Érostrate, brûlant le temple d'Éphèse par amour de la gloire !... des Rostopchine, brûlant Moscou par patriotisme ! des Alexandre brûlant Persépolis par galanterie pour sa Thaïs immortelle... Moi, je brûle par DEVOIR, n'ayant pas d'autre moyen *d'existence* ! – J'incendie parce que je me dois à moi-même !... Je m'acquitte ! Quel Homme je vais être ! Comme je vais vivre ! Oui, je vais savoir, enfin, ce qu'on éprouve quand on est bourrelé[3]. – Quelles nuits magnifiques d'horreur, je vais délicieusement passer !... Ah ! je respire ! je renais !... j'existe !... Quand je pense que j'ai été comédien !... Maintenant, comme je

---
1. *Le trait d'un réprouvé* : l'action d'un homme condamné à l'Enfer.
2. *Sourdre en moi* : naître en moi.
3. *Bourrelé* : tourmenté de remords.

ne suis, aux yeux grossiers des humains, qu'un gibier d'échafaud, fuyons avec la rapidité de l'éclair ! Allons nous enfermer dans notre phare, pour y jouir en paix de nos remords.

Le surlendemain au soir, Chaudval, arrivé à destination sans encombre, prenait possession de son vieux phare désolé, situé sur nos côtes septentrionales : flamme en désuétude sur une bâtisse en ruine, et qu'une compassion ministérielle avait ravivée pour lui.

À peine si le signal pouvait être d'une utilité quelconque : ce n'était qu'une superfétation[1], une sinécure[2], un logement avec un feu sur la tête et dont tout le monde pouvait se passer, sauf le seul Chaudval.

Donc le digne tragédien, y ayant transporté sa couche, des vivres et un grand miroir pour y étudier ses effets de physionomie, s'y enferma, sur-le-champ, à l'abri de tout soupçon humain.

Autour de lui se plaignait la mer, où le vieil abîme des cieux baignait ses stellaires[3] clartés. Il regardait les flots assaillir sa tour sous les sautes du vent, comme le Stylite[4] pouvait contempler les sables s'éperdre contre sa colonne aux souffles du shimiel[5].

Au loin, il suivait, d'un regard sans pensée, la fumée des bâtiments ou les voiles des pêcheurs.

À chaque instant ce rêveur oubliait son incendie. Il montait et descendait l'escalier de pierre.

Le soir du troisième jour, Lepeinteur, disons-nous, assis dans sa chambre, à soixante pieds[6] au-dessus des flots, relisait un journal de Paris où l'histoire du grand sinistre arrivé l'avant-veille était retracée.

Un malfaiteur inconnu avait jeté quelques allumettes dans les caves de pétrole. Un monstrueux incendie qui avait tenu sur pied,

---

1. *Superfétation* : ce qui est en trop, inutile.
2. *Sinécure* : place rétribuée qui n'oblige à aucun travail.
3. *Stellaires* : étoilées.
4. *Stylite* : nom donné à des chrétiens solitaires qui avaient installé leur cellule au-dessus de colonnes.
5. *Shimiel* : vent du désert.
6. *Soixante pieds* : environ vingt mètres (le pied est une ancienne unité de mesure valant 0,324 mètres).

toute la nuit, les pompiers et le peuple des quartiers environnants, s'était déclaré au faubourg du Temple.

Près de cent victimes avaient péri : de malheureuses familles étaient plongées dans la plus noire misère.

La place tout entière était en deuil et encore fumante.

On ignorait le nom du misérable qui avait commis ce forfait et, surtout, le mobile du criminel.

À cette lecture, Chaudval sauta de joie et, se frottant fiévreusement les mains, s'écria :

– Quel succès ! Quel merveilleux scélérat je suis ! Vais-je être assez hanté ? Que de spectres je vais voir ! Je savais bien que je deviendrais un Homme ! – Ah ! le moyen a été dur, j'en conviens ! mais il le fallait !… il le fallait !

En relisant la feuille parisienne, comme il y était mentionné qu'une représentation extraordinaire serait donnée au bénéfice des incendiés, Chaudval murmura :

– Tiens ! j'aurais dû prêter le concours de mon talent au bénéfice de mes victimes ! C'eût été ma soirée d'adieux. J'eusse déclamé *Oreste*. J'eusse été bien nature…

Là-dessus, Chaudval commença de vivre dans son phare.

Et les soirs tombèrent, se succédèrent, et les nuits.

Une chose qui stupéfiait l'artiste se passait. Une chose atroce !

Contrairement à ses espoirs et prévisions, sa conscience ne lui criait aucun remords. Nul spectre ne se montrait ! *Il n'éprouvait rien, mais absolument rien !…*

Il n'en pouvait croire le Silence. Il n'en revenait pas.

Parfois, en se regardant au miroir, il s'apercevait que sa tête débonnaire[1] n'avait point changé ! Furieux, alors, il sautait sur les signaux, qu'il faussait, dans la radieuse espérance de faire sombrer au loin quelque bâtiment[2], afin d'aider, d'activer, de stimuler le remords rebelle ! – d'exciter les spectres !

---

1. *Débonnaire* : qui exprime douceur et bonté.
2. *Bâtiment* : bateau.

Le Désir d'être un homme | 73

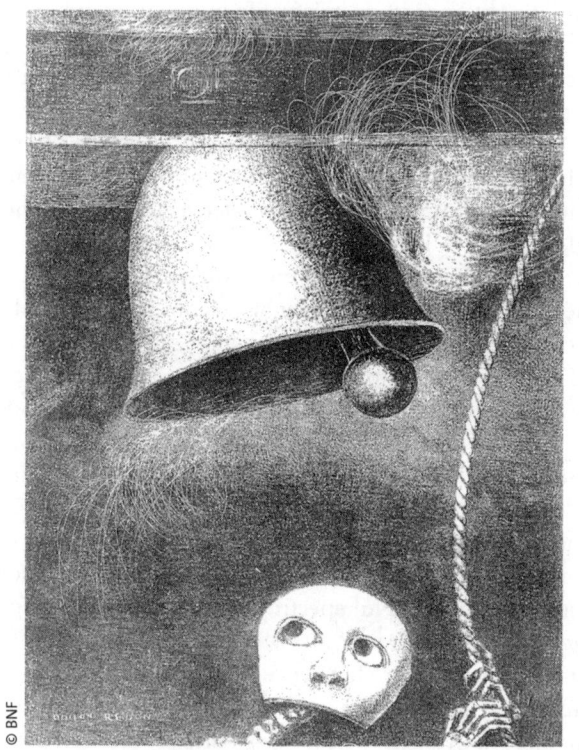

■ Odilon Redon (1840-1916), *Un masque sonne le glas funèbre*.

Peines perdues !

Attentats stériles ! Vains efforts ! Il n'éprouvait rien. Il ne voyait aucun menaçant fantôme. Il ne dormait plus, tant le désespoir et la *honte* l'étouffaient. Si bien qu'une nuit, la congestion cérébrale l'ayant saisi en sa solitude lumineuse, il eut une agonie où il criait, au bruit de l'océan et pendant que les grands vents du large souffletaient sa tour perdue dans l'infini :

– Des spectres !... Pour l'amour de Dieu !... Que je voie, ne fût-ce qu'un spectre ! – *Je l'ai bien gagné !*

Mais le Dieu qu'il invoquait ne lui accorda point cette faveur, et le vieux histrion[1] expira, déclamant toujours, en sa vaine emphase, son grand souhait de voir des spectres... – *sans comprendre qu'il était, lui-même, ce qu'il cherchait.*

---

1. *Histrion* : comédien (au sens péjoratif).

Fleurs de ténèbres

À Monsieur Léon Dierx.

> Bonnes gens, vous qui passez,
> Priez pour les trépassés !
> *Inscription au bord d'un grand chemin.*

Ô belles soirées ! Devant les étincelants cafés des boulevards, sur les terrasses des glaciers en renom, que de femmes en toilettes voyantes, que d'élégants « flâneurs » se prélassent !

Voici les petites vendeuses de fleurs qui circulent avec leurs corbeilles.

Les belles désœuvrées acceptent ces fleurs qui passent, toutes cueillies, mystérieuses...

– Mystérieuses ?

– Oui, s'il en fut !

Il existe, sachez-le, souriantes liseuses, il existe, à Paris même, certaine agence sombre qui s'entend avec plusieurs conducteurs d'enterrements luxueux, avec des fossoyeurs même, à cette fin de desservir les défunts du matin en ne laissant pas *inutilement* s'étioler, sur les sépultures[1] fraîches, tous ces splendides bouquets,

---

1. *Sépultures* : tombes.

toutes ces couronnes, toutes ces roses, dont, par centaines, la piété[1] filiale ou conjugale surcharge quotidiennement les catafalques[2].

Ces fleurs sont presque toujours oubliées après les ténébreuses cérémonies. L'on n'y songe plus ; l'on est pressé de s'en revenir ; – cela se conçoit !...

C'est alors que nos aimables croquemorts s'en donnent à cœur joie. Ils n'oublient pas les fleurs, ces messieurs ! Ils ne sont pas dans les nuages. Ils sont gens pratiques. Ils les enlèvent par brassées, en silence. Les jeter à la hâte par-dessus le mur, dans un tombereau[3] propice, est pour eux l'affaire d'un instant.

Deux ou trois des plus égrillards[4] et des plus dégourdis transportent la précieuse cargaison chez des fleuristes amies qui, grâce à leurs doigts de fées, sertissent[5] de mille façons, en maints bouquets de corsage et de main, en roses isolées même, ces mélancoliques dépouilles.

Les petites marchandes du soir alors arrivent, nanties[6] chacune de sa corbeille. Elles circulent, disons-nous, aux premières lueurs des réverbères, sur les boulevards, devant les terrasses brillantes et dans les mille endroits de plaisir.

Et les jeunes ennuyés, jaloux de se bien faire venir[7] des élégantes pour lesquelles ils conçoivent quelque inclination[8], achètent ces fleurs à des prix élevés et les offrent à ces dames.

Celles-ci, toutes blanches de fard[9], les acceptent avec un sourire indifférent et les gardent à la main, – ou les placent au joint de leur corsage.

---

1. ***Piété*** : affection.
2. ***Catafalques*** : estrades où l'on place le cercueil lors des obsèques religieuses.
3. ***Tombereau*** : petite fosse à ordures.
4. ***Égrillards*** : qui aiment à plaisanter de façon osée.
5. ***Sertissent*** : tressent.
6. ***Nanties*** : munies.
7. ***Jaloux de se bien faire venir*** : soucieux de se faire bien accueillir.
8. ***Inclination*** : penchant amoureux.
9. ***Fard*** : maquillage.

Et les reflets du gaz rendent les visages blafards[1].

En sorte que ces créatures-spectres[2], ainsi parées des fleurs de la Mort, portent, sans le savoir, l'emblème de l'amour qu'elles donnent et de celui qu'elles reçoivent.

---

1. *Blafards* : blancs.
2. *Spectres* : fantômes.

L'Intersigne[1]

À M. l'abbé Victor de Villiers de L'Isle-Adam.

> Attende, homo quid fuisti ante ortum et quod eris usque ad occasum. Profecto fuit quod non eras. Postea, de vili materia factus, in utero matris de sanguine menstruali nutritus, tunica tua fuit pellis secundina. Deinde, in vilissimo panno involutus, progressus es ad nos, – sic indutus et ornatus ! Et non memor es quæ sit origo tua. Nihil est aliud homo quam sperma fœtidum, saccus stercorum, cibus vermium. Scientia, sapientia, ratio, sine Deo sicut nubes transeunt.
>
> Post hominen vermis ; post vermem fœtor et horror ;
> Sic, in non hominem, vertitur omnis homo.
>
> Cur carnem tuam adornas et impinguas, quam, post paucos dies, vermes devoraturi sunt en sepulchro, animam, vero tuam non adornas, – quæ Deo et Angelis ejus præsentenda est in Cœlis[2] !
>
> <div align="right">SAINT BERNARD, <i>Méditations,</i> t. II.
Bollandistes (<i>Préparation au Jugement dernier</i>).</div>

---

1. *Intersigne* : phénomène de seconde vue, lien mystérieux entre deux faits qui se produisent au même moment souvent à grande distance l'un de l'autre et dont l'un est considéré comme le pronostic de l'autre.

2. « Considère, homme, ce que tu as été avant ton lever et ce que tu seras jusqu'à ton coucher. Certes, il y a eu un temps où tu n'existais pas. Puis, fait d'une vile matière, nourri de sang menstruel dans la matrice de ta mère, ton vêtement a été le placenta. Puis, enroulé dans une vile guenille, tu es venu vers nous les hommes, ainsi revêtu et orné ! Et tu ne te souviens plus de ton origine. L'homme n'est rien autre que du sperme fétide, un sac d'ordures, une nourriture pour les vers. Sans Dieu, science, sagesse, raison, passent .../...

Un soir d'hiver qu'entre gens de pensée nous prenions le thé, autour d'un bon feu, chez l'un de nos amis, le baron Xavier de La V*** (un pâle jeune homme que d'assez longues fatigues militaires, subies, très jeune encore, en Afrique, avaient rendu d'une débilité de tempérament et d'une sauvagerie de mœurs peu communes), la conversation tomba sur un sujet des plus sombres : il était question de la nature de ces coïncidences extraordinaires, stupéfiantes, mystérieuses, qui surviennent dans l'existence de quelques personnes.

– Voici une histoire, nous dit-il, que je n'accompagnerai d'aucun commentaire. Elle est véridique. Peut-être la trouverez-vous impressionnante.

Nous allumâmes des cigarettes et nous écoutâmes le récit suivant :

– En 1876, au solstice de l'automne, vers ce temps où le nombre, toujours croissant, des inhumations accomplies à la légère – beaucoup trop précipitées enfin – commençait à révolter la Bourgeoisie parisienne et à la plonger dans les alarmes[1], un certain soir, sur les huit heures, à l'issue d'une séance de spiritisme[2] des plus curieuses, je me sentis, en rentrant chez moi, sous l'influence de ce spleen[3] héréditaire dont la noire obsession déjoue et réduit à néant les efforts de la Faculté.

C'est en vain qu'à l'instigation doctorale[4] j'ai dû, maintes fois, m'enivrer du breuvage d'Avicenne[5] : En vain me suis-je assimilé,

---

.../... comme des nuages. Après l'homme, le vers. Après le vers, la puanteur et l'horreur. Ainsi tout homme est transformé en un quelque chose qui n'est plus humain. Pourquoi orner et peindre cette chair qu'en quelques jours les vers dévoreront dans la tombe alors que tu n'ornes pas ton âme – laquelle devra se présenter dans les cieux à Dieu et à ses Anges ! »

1. *Dans les alarmes* : dans la crainte.
2. *Spiritisme* : science occulte qui consiste à entrer en communication avec les esprits.
3. *Spleen* : mélancolie maladive.
4. *À l'instigation doctorale* : sur les conseils de la médecine.
5. *Le breuvage d'Avicenne* : le séné, plante qui purge.

sous toutes formules, des quintaux de fer et, foulant aux pieds tous les plaisirs, ai-je fait descendre, nouveau Robert d'Arbrissel[1], le vif-argent de mes ardentes passions jusqu'à la température des Samoyèdes[2], rien n'a prévalu ! – Allons ! Il paraît, décidément, que je suis un personnage taciturne et morose ! Mais il faut aussi que, sous une apparence nerveuse, je sois, comme on dit, bâti à chaux et à sable, pour me trouver encore à même, après tant de soins, de pouvoir contempler les étoiles.

Ce soir-là donc, une fois dans ma chambre, en allumant un cigare aux bougies de la glace, je m'aperçus que j'étais mortellement pâle ! et je m'ensevelis dans un ample fauteuil, vieux meuble en velours grenat capitonné où le vol des heures, sur mes longues songeries, me semble moins lourd. L'accès de spleen devenait pénible jusqu'au malaise, jusqu'à l'accablement ! Et, jugeant impossible d'en secouer les ombres par aucune distraction mondaine, – surtout au milieu des horribles soucis de la capitale –, je résolus, par essai, de m'éloigner de Paris, d'aller prendre un peu de nature au loin, de me livrer à de vifs exercices, à quelques salubres parties de chasse, par exemple, pour tenter de diversifier.

À peine cette pensée me fut-elle venue, *à l'instant même* où je me décidai pour cette ligne de conduite, le nom d'un vieil ami, oublié depuis des années, l'abbé Maucombe, me passa dans l'esprit.

– L'abbé Maucombe !..., dis-je, à voix basse.

Ma dernière entrevue avec le savant prêtre datait du moment de son départ pour un long pèlerinage en Palestine. La nouvelle de son retour m'était parvenue autrefois. Il habitait l'humble presbytère d'un petit village en Basse-Bretagne.

Maucombe devait y disposer d'une chambre quelconque, d'un réduit ? Sans doute, il avait amassé, dans ses voyages, quelques anciens volumes ? des curiosités du Liban ? Les étangs, auprès des

---

1. *Robert d'Arbrissel* : abbé de Fontevrault qui aurait partagé le lit de ses religieuses pour s'habituer à résister à la tentation.
2. *Samoyèdes* : peuple des régions polaires.

L'Intersigne | 81

manoirs voisins, recélaient, à le parier, du canard sauvage ?...
quoi de plus opportun !... Et, si je voulais jouir, avant les premiers
froids, de la dernière quinzaine du féerique mois d'octobre dans
les rochers rougis, si je tenais à voir encore resplendir les longs
soirs d'automne sur les hauteurs boisées, je devais me hâter !

La pendule sonna neuf heures.

Je me levai ; je secouai la cendre de mon cigare. Puis, en homme
de décision, je mis mon chapeau, ma houppelande[1] et mes gants ;
je pris ma valise et mon fusil ; je soufflai les bougies ; et je sortis en
fermant sournoisement[2] et à triple tour la vieille serrure à secret
qui fait l'orgueil de ma porte.

Trois quarts d'heure après, le convoi de la ligne de Bretagne
m'emportait vers le petit village de Saint-Maur, desservi par l'abbé
Maucombe ; j'avais même trouvé le temps, à la gare, d'expédier
une lettre crayonnée à la hâte, en laquelle je prévenais mon père
de mon départ.

Le lendemain matin, j'étais à R***, d'où Saint-Maur n'est
distant que de deux lieues[3], environ.

Désireux de conquérir une bonne nuit (afin de pouvoir prendre
mon fusil dès le lendemain, au point du jour), et toute sieste
d'après déjeuner me semblant capable d'empiéter sur la perfection
de mon sommeil, je consacrai ma journée, pour me tenir éveillé
malgré la fatigue, à plusieurs visites chez d'anciens compagnons
d'études. Vers cinq heures du soir, ces devoirs remplis, je fis seller,
au Soleil d'or, où j'étais descendu, et, aux lueurs du couchant, je
me trouvai en vue d'un hameau.

Chemin faisant, je m'étais remémoré le prêtre chez lequel
j'avais dessein de m'arrêter pendant quelques jours. Le laps de
temps qui s'était écoulé depuis notre dernière rencontre, les excursions, les événements intermédiaires et les habitudes d'isolement

---

1. *Houppelande* : long manteau d'hiver.
2. *Sournoisement* : discrètement.
3. *Deux lieues* : environ huit kilomètres (la lieue est une ancienne mesure de distance).

devaient avoir modifié son caractère et sa personne. J'allais le retrouver grisonnant. Mais je connaissais la conversation fortifiante du docte recteur[1], et je me faisais une espérance de songer aux veillées que nous allions passer ensemble.

– L'abbé Maucombe! ne cessais-je de me répéter tout bas, excellente idée!

En interrogeant sur sa demeure les vieilles gens qui paissaient les bestiaux, le long des fossés je dus me convaincre que le curé – en parfait confesseur d'un Dieu de miséricorde – s'était profondément acquis l'affection de ses ouailles[2] et, lorsqu'on m'eut bien indiqué le chemin du presbytère assez éloigné du pâté de masures et de chaumines qui constitue le village de Saint-Maur, je me dirigeai de ce côté.

J'arrivai.

L'aspect champêtre de cette maison, les croisées et leurs jalousies[3] vertes, les trois marches de grès, les lierres, les clématites et les roses thé qui s'enchevêtraient sur les murs jusqu'au toit, d'où s'échappait, d'un tuyau à girouette, un petit nuage de fumée, m'inspirèrent des idées de recueillement, de santé et de paix profonde. Les arbres d'un verger voisin montraient, à travers un treillis d'enclos, leurs feuilles rouillées par l'énervante saison. Les deux fenêtres de l'unique étage brillaient des feux de l'Occident; une niche où se tenait l'image d'un bienheureux était creusée entre elles. Je mis pied à terre, silencieusement: j'attachai le cheval au volet et je levai le marteau de la porte, en jetant un coup d'œil de voyageur à l'horizon, derrière moi.

Mais l'horizon brillait tellement sur les forêts de chênes lointains et de pins sauvages où les derniers oiseaux s'envolaient dans le soir, les eaux d'un étang couvert de roseaux, dans l'éloignement, réfléchissaient si solennellement le ciel, la nature était si belle, au milieu de ces airs calmés, dans cette campagne déserte,

---

1. *Recteur*: nom du curé en Bretagne.
2. *Ouailles*: paroissiens.
3. *Jalousies*: fenêtres qui permettent de voir à travers sans être vu.

à ce moment où tombe le silence, que je restai – sans quitter le marteau suspendu –, que je restai muet.

Ô toi, pensai-je, qui n'as point l'asile de tes rêves, et pour qui la terre de Chanaan[1], avec ses palmiers et ses eaux vives, n'apparaît pas, au milieu des aurores, après avoir tant marché sous de dures étoiles, voyageur si joyeux au départ et maintenant assombri, – cœur fait pour d'autres exils que ceux dont tu partages l'amertume avec des frères mauvais –, regarde ! Ici l'on peut s'asseoir sur la pierre de la mélancolie ! Ici les rêves morts ressuscitent, devançant les moments de la tombe ! Si tu veux avoir le véritable désir de mourir approche : ici la vue du ciel exalte jusqu'à l'oubli.

J'étais dans cet état de lassitude, où les nerfs sensibilisés vibrent aux moindres excitations. Une feuille tomba près de moi ; son bruissement furtif me fit tressaillir. Et le magique horizon de cette contrée entra dans mes yeux ! Je m'assis devant la porte, solitaire.

Après quelques instants, comme le soir commençait à fraîchir, je revins au sentiment de la réalité. Je me levai très vite et je repris le marteau de la porte en regardant la maison riante.

Mais, à peine eus-je de nouveau jeté sur elle un regard distrait, que je fus forcé de m'arrêter encore, me demandant, cette fois, si je n'étais pas le jouet d'une hallucination.

Était-ce bien la maison que j'avais vue tout à l'heure ? Quelle ancienneté me dénonçaient, *maintenant*, les longues lézardes, entre les feuilles pâles ? Cette bâtisse avait un air étranger ; les carreaux illuminés par les rayons d'agonie[2] du soir brûlaient d'une lueur intense ; le portail hospitalier[3] m'invitait avec ses trois marches ; mais, en concentrant mon attention sur ces dalles grises, je vis qu'elles venaient d'être polies, que des traces de

---

1. *La terre de Chanaan* : la terre promise par Dieu aux Hébreux dans la Bible.
2. *Agonie* : état qui précède la mort.
3. *Hospitalier* : accueillant.

lettres creusées y restaient encore, et je vis bien qu'elles provenaient du cimetière voisin, dont les croix noires m'apparaissaient, à présent, de côté, à une centaine de pas. Et la maison me sembla changée à donner le frisson, et les échos du lugubre coup du marteau, que je laissai retomber, dans mon saisissement, retentirent, dans l'intérieur de cette demeure, comme les vibrations d'un glas [1].

Ces sortes de *vues*, étant plutôt morales que physiques, s'effacent avec rapidité. Oui, j'étais, à n'en pas douter une seconde, la victime de cet abattement intellectuel que j'ai signalé. Très empressé de voir un visage qui m'aidât, par son humanité, à en dissiper le souvenir, je poussai le loquet sans attendre davantage. – J'entrai.

La porte, mue par un poids d'horloge, se referma d'elle-même, derrière moi.

Je me trouvai dans un long corridor à l'extrémité duquel Nanon, la gouvernante, vieille et réjouie, descendait l'escalier, une chandelle à la main.

– Monsieur Xavier !..., s'écria-t-elle, toute joyeuse en me reconnaissant.

– Bonsoir, ma bonne Nanon ! lui répondis-je, en lui confiant, à la hâte, ma valise et mon fusil.

(J'avais oublié ma houppelande dans ma chambre, au Soleil d'or.)

Je montai. Une minute après, je serrai dans mes bras mon vieil ami.

L'affectueuse émotion des premières paroles et le sentiment de la mélancolie du passé nous oppressèrent quelque temps, l'abbé et moi. Nanon vint nous apporter la lampe et nous annoncer le souper.

– Mon cher Maucombe, lui dis-je en passant mon bras sous le sien pour descendre, c'est une chose de toute éternité que l'amitié intellectuelle, et je vois que nous partageons ce sentiment.

---

1. *Glas* : sonnerie de cloches qui annonce un décès.

– Il est des esprits chrétiens d'une parenté divine très rapprochée, me répondit-il. – Oui. – Le monde a des croyances moins « raisonnables » pour lesquelles des partisans se trouvent qui sacrifient leur sang, leur bonheur, leur devoir. Ce sont des fanatiques ! acheva-t-il en souriant. Choisissons, pour foi, la plus utile, puisque nous sommes libres et que nous devenons notre croyance.

– Le fait est, lui répondis-je, qu'il est déjà très mystérieux que deux et deux fassent quatre.

Nous passâmes dans la salle à manger. Pendant le repas, l'abbé, m'ayant doucement reproché l'oubli où je l'avais tenu si longtemps, me mit au courant de l'esprit du village.

Il me parla du pays, me raconta deux ou trois anecdotes touchant les châtelains des environs.

Il me cita ses exploits personnels à la chasse et ses triomphes à la pêche : pour tout dire, il fut d'une affabilité[1] et d'un entrain charmants.

Nanon, messager rapide, s'empressait, se multipliait autour de nous et sa vaste coiffe avait des battements d'ailes.

Comme je roulais une cigarette en prenant le café, Maucombe, qui était un ancien officier de dragons[2], m'imita ; le silence des premières bouffées nous ayant surpris dans nos pensées, je me mis à regarder mon hôte avec attention.

Ce prêtre était un homme de quarante-cinq ans, à peu près, et d'une haute taille. De longs cheveux gris entouraient de leur boucle enroulée sa maigre et forte figure. Les yeux brillaient de l'intelligence mystique[3]. Ses traits étaient réguliers et austères ; le corps, svelte, résistait au pli des années : il savait porter sa longue soutane. Ses paroles, empreintes de science et de douceur, étaient soutenues par une voix bien timbrée, sortie d'excellents poumons. Il me paraissait enfin d'une santé vigoureuse : les années l'avaient fort peu atteint.

---

1. *Affabilité* : douceur, gentillesse, bienveillance.
2. *Dragons* : soldats de la cavalerie.
3. *Mystique* : à caractère religieux.

Il me fit venir dans son petit salon-bibliothèque.

Le manque de sommeil, en voyage, prédispose au frisson ; la soirée était d'un froid vif, avant-coureur de l'hiver. Aussi, lorsqu'une brassée de sarments[1] flamba devant mes genoux, entre deux ou trois rondins, j'éprouvai quelque réconfort.

Les pieds sur les chenets[2], et accoudés en nos deux fauteuils de cuir bruni, nous parlâmes naturellement de Dieu.

J'étais fatigué : j'écoutais, sans répondre.

– Pour conclure, me dit Maucombe en se levant, nous sommes ici pour témoigner – par nos œuvres, nos pensées, nos paroles et notre lutte contre la Nature –, pour témoigner *si nous pesons le poids*.

Et il termina par une citation de Joseph de Maistre : « Entre l'Homme et Dieu, il n'y a que l'Orgueil. »

– Ce nonobstant[3], lui dis-je, nous avons l'honneur d'exister (nous, les enfants gâtés de cette Nature) dans un siècle de lumières ?

– Préférons-lui la Lumière des siècles, répondit-il en souriant.

Nous étions arrivés sur le palier, nos bougies à la main.

Un long couloir, parallèle à celui d'en bas, séparait de celle de mon hôte la chambre qui m'était destinée : – il insista pour m'y installer lui-même. Nous y entrâmes ; il regarda s'il ne me manquait rien et comme, rapprochés, nous nous donnions la main et le bonsoir, un vivace reflet de ma bougie tomba sur son visage.

– Je tressaillis, cette fois !

Était-ce un agonisant qui se tenait debout, là, près de ce lit ? La figure qui était devant moi n'était pas, ne pouvait pas être celle du souper ! Ou, du moins, si je la reconnaissais vaguement, il me semblait que je ne l'avais vue, en réalité, qu'en ce moment-ci. Une seule réflexion me fera comprendre : l'abbé me donnait,

---

1. *Sarments* : rameaux de vigne.
2. *Chenets* : ustensiles de cheminée destinés à soutenir le bois dans le foyer.
3. *Ce nonobstant* : il n'empêche que.

humainement, la *seconde* sensation que, par une obscure correspondance, sa maison m'avait fait éprouver.

La tête que je contemplais était grave, très pâle, d'une pâleur de mort, et les paupières étaient baissées. Avait-il oublié ma présence ? Priait-il ? Qu'avait-il donc à se tenir ainsi ? Sa personne s'était revêtue d'une solennité si soudaine que je fermai les yeux. Quand je les rouvris, après une seconde, le bon abbé était toujours là, – mais je le reconnaissais maintenant ! – À la bonne heure ! Son sourire amical dissipait en moi toute inquiétude. L'impression n'avait pas duré le temps d'adresser une question. Ç'avait été un saisissement, une sorte d'hallucination.

Maucombe me souhaita, une seconde fois, la bonne nuit et se retira.

Une fois seul : « Un profond sommeil, voilà ce qu'il me faut », pensai-je.

Incontinent[1] je songeai à la Mort ; j'élevai mon âme à Dieu et je me mis au lit.

L'une des singularités d'une extrême fatigue est l'impossibilité du sommeil immédiat. Tous les chasseurs ont éprouvé ceci. C'est un point de notoriété[2].

Je m'attendais à dormir vite et profondément. J'avais fondé de grandes espérances sur une bonne nuit. Mais, au bout de dix minutes, je dus reconnaître que cette gêne nerveuse ne se décidait pas à s'engourdir. J'entendais des tic-tac, des craquements brefs du bois et des murs. Sans doute des horloges-de-mort[3]. Chacun des bruits imperceptibles de la nuit se répondait, en tout mon être, par un coup électrique.

Les branches noires se heurtaient dans le vent, au jardin. À chaque instant, des brins de lierre frappaient ma vitre. J'avais, surtout, le sens de l'ouïe d'une acuité pareille à celle des gens qui meurent de faim.

---

1. *Incontinent* : aussitôt.
2. *C'est un point de notoriété* : c'est bien connu.
3. *Horloges-de-mort* : insectes qui rongent le bois.

« J'ai pris deux tasses de café, pensai-je ; c'est cela ! »

Et, m'accoudant sur l'oreiller, je me mis à regarder obstinément, la lumière de la bougie, sur la table, auprès de moi. Je la regardai avec fixité, entre les cils, avec cette attention intense que donne au regard l'absolue distraction de la pensée.

Un petit bénitier, en porcelaine coloriée, avec sa branche de buis, était suspendu auprès de mon chevet. Je mouillai, tout à coup, mes paupières avec de l'eau bénite, pour les rafraîchir, puis j'éteignis la bougie et je fermai les yeux. Le sommeil s'approchait : la fièvre s'apaisait.

J'allais m'endormir.

Trois petits coups secs, impératifs, furent frappés à ma porte.

« Hein ? », me dis-je, en sursaut.

Alors je m'aperçus que mon premier somme avait déjà commencé. J'ignorais où j'étais. Je me croyais à Paris. Certains repos donnent ces sortes d'oublis risibles. Ayant même presque aussitôt, perdu de vue la cause principale de mon réveil, je m'étirai voluptueusement, dans une complète inconscience de la situation.

« À propos, me dis-je tout à coup : mais on a frappé ? Quelle visite peut bien ?... »

À ce point de ma phrase, une notion confuse et obscure que je n'étais plus à Paris, mais dans un presbytère de Bretagne, chez l'abbé Maucombe, me vint à l'esprit.

En un clin d'œil, je fus au milieu de la chambre.

Ma première impression, en même temps que celle du froid aux pieds, fut celle d'une vive lumière. La pleine lune brillait, en face de la fenêtre, au-dessus de l'église, et, à travers les rideaux blancs, découpait son angle de flamme déserte et pâle sur le parquet.

Il était bien minuit.

Mes idées étaient morbides. Qu'était-ce donc ? L'ombre était extraordinaire.

Comme je m'approchais de la porte, une tache de braise, partie du trou de la serrure, vint errer sur ma main et sur ma manche.

Il y avait quelqu'un derrière la porte : on avait réellement frappé.

Cependant, à deux pas du loquet, je m'arrêtai court.

Une chose me paraissait surprenante : la *nature* de la tache qui courait sur ma main. C'était une lueur glacée, sanglante, n'éclairant pas. – D'autre part, comment se faisait-il que je ne voyais aucune ligne de lumière sous la porte, dans le corridor ? – Mais, en vérité, ce qui sortait ainsi du trou de la serrure me causait l'impression du regard phosphorique d'un hibou !

En ce moment, l'heure sonna, dehors, à l'église, dans le vent nocturne.

– Qui est là ? demandai-je, à voix basse.

La lueur s'éteignit : – j'allais m'approcher…

Mais la porte s'ouvrit, largement, lentement, silencieusement.

En face de moi, dans le corridor, se tenait, debout, une forme haute et noire, – un prêtre, le tricorne sur la tête. La lune l'éclairait tout entier à l'exception de la figure : je ne voyais que le feu de ses deux prunelles qui me considéraient avec une solennelle fixité.

Le souffle de l'autre monde enveloppait ce visiteur, son attitude m'oppressait l'âme. Paralysé par une frayeur qui s'enfla instantanément jusqu'au paroxysme[1], je contemplai le désolant personnage, en silence.

Tout à coup, le prêtre éleva le bras, avec lenteur, vers moi. Il me présentait une chose lourde et vague. C'était un manteau. Un grand manteau noir, un manteau de voyage. Il me le tendait, comme pour me l'offrir !…

Je fermai les yeux, pour ne pas voir cela. Oh ! je ne voulais pas voir cela ! Mais un oiseau de nuit, avec un cri affreux, passa entre nous, et le vent de ses ailes, m'effleurant les paupières, me les fit rouvrir. Je sentis qu'il voletait par la chambre.

---

1. *Paroxysme* : point extrême.

Alors, – et avec un râle d'angoisse, car les forces me trahissaient pour crier –, je repoussai la porte de mes deux mains crispées et étendues et je donnai un violent tour de clef frénétique et les cheveux dressés !

Chose singulière, il me sembla que tout cela ne faisait aucun bruit. C'était plus que l'organisme n'en pouvait supporter. Je m'éveillai. J'étais assis sur mon séant, dans mon lit, les bras tendus devant moi ; j'étais glacé ; le front trempé de sueur ; mon cœur frappait contre les parois de ma poitrine de gros coups sombres.

« Ah ! me dis-je, le songe horrible ! »

Toutefois, mon insurmontable anxiété subsistait. Il me fallut plus d'une minute avant d'oser remuer le bras pour chercher les allumettes : j'appréhendais de sentir, dans l'obscurité, une main froide saisir la mienne et la presser amicalement.

J'eus un mouvement nerveux en entendant ces allumettes bruire sous mes doigts dans le fer du chandelier. Je rallumai la bougie.

Instantanément, je me sentis mieux ; la lumière, cette vibration divine, diversifie les milieux funèbres et console des mauvaises terreurs.

Je résolus de boire un verre d'eau froide pour me remettre tout à fait et je descendis du lit.

En passant devant la fenêtre, je remarquai une chose : la lune était exactement pareille à celle de mon songe, bien que je ne l'eusse pas vue avant de me mettre au lit ; et, en allant, la bougie à la main, examiner la serrure de la porte, je constatai qu'un tour de clef avait été donné *en dedans*, ce que je n'avais point fait avant mon sommeil.

À ces découvertes, je jetai un regard autour de moi. Je commençai à trouver que la chose était revêtue d'un caractère bien insolite. Je me recouchai, je m'accoudai, je cherchai à me raisonner, à me prouver que tout cela n'était qu'un accès de somnambulisme très lucide, mais je me rassurai de moins en moins. Cependant, la fatigue me prit comme une vague, berça mes noires pensées et m'endormis brusquement dans mon angoisse.

Quand je me réveillai, un bon soleil jouait dans la chambre.

C'était une matinée heureuse. Ma montre, accrochée au chevet du lit, marquait dix heures. Or, pour nous réconforter, est-il rien de tel que le jour, le radieux soleil ? Surtout quand on sent les dehors embaumés et la campagne pleine d'un vent frais dans les arbres, les fourrés épineux, les fossés couverts de fleurs et tout humides d'aurore !

Je m'habillai à la hâte, très oublieux du sombre commencement de ma nuitée.

Complètement ranimé par des ablutions réitérées[1] d'eau fraîche, je descendis.

L'abbé Maucombe était dans la salle à manger : assis devant la nappe déjà mise, il lisait un journal en m'attendant.

Nous nous serrâmes la main.

– Avez-vous passé une bonne nuit, mon cher Xavier ? me demanda-t-il.

– Excellente ! répondis-je distraitement (par habitude et sans accorder attention le moins du monde à ce que je disais).

La vérité est que je me sentais bon appétit : voilà tout.

Nanon intervint, nous apportant le déjeuner.

Pendant le repas, notre causerie fut à la fois recueillie et joyeuse : l'homme qui vit saintement connaît, seul, la joie et sait la communiquer.

Tout à coup, je me rappelai mon rêve.

– À propos, m'écriai-je, mon cher abbé, il me souvient que j'ai eu cette nuit un singulier rêve, et d'une étrangeté... comment puis-je exprimer cela ? Voyons... saisissante ? étonnante ? effrayante ? – À votre choix ! – Jugez-en.

Et, tout en pelant une pomme, je commençai à lui narrer, dans tous ses détails, l'hallucination sombre qui avait troublé mon premier sommeil.

Au moment où j'en étais arrivé au geste du prêtre m'offrant le manteau, et *avant que j'eusse entamé cette phrase*, la porte de la

---

1. Réitérées : répétées.

salle à manger s'ouvrit. Nanon, avec cette familiarité particulière aux gouvernantes de curés, entra, dans le rayon du soleil, au beau milieu de la conversation, et, m'interrompant, me tendit un papier :

– Voici une lettre « très pressée » que le rural[1] vient d'apporter, à l'instant, pour monsieur ! dit-elle.

– Une lettre ! Déjà ! m'écriai-je, *oubliant mon histoire*. C'est de mon père. Comment cela ? Mon cher abbé, vous permettez que je lise, n'est-ce pas ?

– Sans doute ! dit l'abbé Maucombe, perdant également l'histoire de vue et subissant, magnétiquement, l'intérêt que je prenais à la lettre : – sans doute !

Je décachetai.

Ainsi l'incident de Nanon avait détourné notre attention par sa soudaineté.

– Voilà, dis-je, une vive contrariété, mon hôte : à peine arrivé, je me vois obligé de repartir.

– Comment ? demanda l'abbé Maucombe, reposant sa tasse sans boire.

– Il m'est écrit de revenir en toute hâte, au sujet d'une affaire, d'un procès d'une importance des plus graves. Je m'attendais à ce qu'il ne se plaidât qu'en décembre : or, on m'avise qu'il se juge dans la quinzaine et comme, seul, je suis à même de mettre en ordre les dernières pièces qui doivent nous donner gain de cause, il faut que j'aille !... Allons ! quel ennui !

– Positivement, c'est fâcheux ! dit l'abbé ; comme c'est donc fâcheux !... Au moins, promettez-moi qu'aussitôt ceci terminé... La grande affaire, c'est le salut : j'espérais être pour quelque chose dans le vôtre – et voici que vous vous échappez ! Je pensais déjà que le bon Dieu vous avait envoyé...

– Mon cher abbé, m'écriai-je, je vous laisse mon fusil. Avant trois semaines, je serai de retour et, cette fois, pour quelques semaines, si vous voulez.

---

1. *Rural* : facteur.

— Allez donc en paix ! dit l'abbé Maucombe.

— Eh ! c'est qu'il s'agit de presque toute ma fortune ! murmurai-je.

— La fortune, c'est Dieu ! dit simplement Maucombe.

— Et demain, comment vivrais-je, si...

— Demain, on ne vit plus, répondit-il.

Bientôt nous nous levâmes de table, un peu consolés du contretemps par cette promesse formelle de revenir.

Nous allâmes nous promener dans le verger, visiter les attenances du presbytère.

Toute la journée, l'abbé m'étala, non sans complaisance, ses pauvres trésors champêtres. Puis, pendant qu'il lisait son bréviaire[1], je marchai, solitairement, dans les environs, respirant l'air vivace et pur avec délices. Maucombe, à son retour, s'étendit quelque peu sur son voyage en Terre sainte ; tout cela nous conduisit jusqu'au coucher du soleil.

Le soir vint. Après un frugal souper, je dis à l'abbé Maucombe :

— Mon ami, l'*express* part à neuf heures précises. D'ici R***, j'ai bien une heure et demie de route. Il me faut une demi-heure pour régler à l'auberge en y reconduisant le cheval ; total, deux heures. Il en est sept : je vous quitte à l'instant.

— Je vous accompagnerai un peu, dit le prêtre : *cette promenade me sera salutaire*.

— À propos, lui répondis-je, préoccupé, voici l'adresse de mon père (chez qui je demeure à Paris), si nous devons nous écrire.

Nanon prit la carte et l'inséra dans une jointure de la glace.

Trois minutes après, l'abbé et moi nous quittions le presbytère et nous nous avancions sur le grand chemin. Je tenais mon cheval par la bride, comme de raison.

Nous étions déjà deux ombres.

Cinq minutes après notre départ, une bruine pénétrante, une petite pluie, fine et très froide, portée par un affreux coup de vent, frappa nos mains et nos figures.

---

1. *Bréviaire* : livre de prières.

Je m'arrêtai court :

– Mon vieil ami, dis-je à l'abbé, non ! décidément, je ne souffrirai pas cela. Votre existence est précieuse et cette ondée glaciale est très malsaine. Rentrez. Cette pluie, encore une fois, pourrait vous mouiller dangereusement. Rentrez, je vous en prie.

L'abbé, au bout d'un instant, songeant à ses fidèles, se rendit à mes raisons.

– J'emporte une promesse, mon cher ami ? me dit-il.

Et, comme je lui tendais la main :

– Un instant ! ajouta-t-il ; je songe que vous avez du chemin à faire – et que cette bruine est, en effet, pénétrante !

Il eut un frisson. Nous étions l'un auprès de l'autre, immobiles, nous regardant fixement comme deux voyageurs pressés.

En ce moment la lune s'éleva sur les sapins, derrière les collines, éclairant les landes et les bois à l'horizon. Elle nous baigna spontanément de sa lumière morne et pâle, de sa flamme déserte et pâle. Nos silhouettes et celle du cheval se dessinèrent, énormes, sur le chemin. Et du côté des vieilles croix de pierre, là-bas – du côté des vieilles croix en ruine qui se dressent en ce canton de Bretagne, dans les écreboissées[1] où perchent les funestes oiseaux échappés du bois des Agonisants –, j'entendis, au loin, un *cri* affreux : l'aigre et alarmant fausset de la freusée[2]. Une chouette aux yeux de phosphore, dont la lueur tremblait sur le grand bras d'une yeuse[3], s'envola et passa entre nous, en prolongeant ce cri.

– Allons ! continua l'abbé Maucombe, moi, je serai chez moi dans une minute ; ainsi *prenez, prenez ce manteau !* – J'y tiens beaucoup !... beaucoup ! – ajouta-t-il avec un ton inoubliable.

– Vous me le ferez renvoyer par le garçon d'auberge qui vient au village tous les jours... *Je vous en prie.*

---

1. *Écreboissées* : grandes croix garnies de buis situées dans les carrefours ou les cimetières bretons.
2. *Freusée* : corneille.
3. *Yeuse* : chêne vert.

L'abbé, en prononçant ces paroles, me tendait son manteau noir. Je ne voyais pas sa figure, à cause de l'ombre que projetait son large tricorne ; mais je distinguai ses yeux *qui me considéraient avec une solennelle fixité.*

Il me jeta le manteau sur les épaules, me l'agrafa, d'un air tendre et inquiet, pendant que sans forces, je fermais les paupières. Et, profitant de mon silence, il se hâta vers son logis. Au tournant de la route, il disparut.

Par une présence d'esprit, et un peu, aussi, machinalement, je sautai à cheval. Puis je restai immobile.

Maintenant j'étais seul sur le grand chemin. J'entendais les mille bruits de la campagne. En rouvrant les yeux, je vis l'immense ciel livide où filaient de nombreux nuages ternes cachant la lune, la nature solitaire. Cependant, je me tins droit et ferme, quoique je dusse être blanc comme un linge.

« Voyons ! me dis-je, du calme ! J'ai la fièvre et je suis somnambule. Voilà tout. »

Je m'efforçai de hausser les épaules : un poids secret m'en empêcha.

Et voici que, venue du fond de l'horizon, du fond de ces bois décriés, une volée d'orfraies [1], à grand bruit d'ailes passa, en criant d'horribles syllabes inconnues, au-dessus de ma tête. Elles allèrent s'abattre sur le toit du presbytère et sur le clocher dans l'éloignement : et le vent m'apporta des cris tristes. Ma foi, j'eus peur. Pourquoi ? Qui me le précisera jamais ? J'ai vu le feu, j'ai touché de la mienne plusieurs épées, mes nerfs sont mieux trempés, peut-être, que ceux des plus flegmatiques et des blafards : j'affirme, toutefois, très humblement, que j'ai eu peur, ici – et pour de bon. J'en ai conçu, même, pour moi, quelque estime intellectuelle. N'a pas peur de ces choses-là qui veut.

Donc, en silence, j'ensanglantai les flancs du pauvre cheval, et les yeux fermés, les rênes lâchées, les doigts crispés sur les crins, le

---

1. *Orfraies* : oiseau de proie.

manteau flottant derrière moi tout droit, je sentis que le galop de
ma bête était aussi violent que possible; elle allait ventre à terre :
de temps en temps mon sourd grondement, à son oreille, lui communiquait à coup sûr, et d'instinct, l'horreur superstitieuse dont je
frissonnais malgré moi. Nous arrivâmes, de la sorte, en moins
d'une demi-heure. Le bruit du pavé des faubourgs me fit redresser
la tête – et respirer !

Enfin ! je voyais des maisons ! des boutiques éclairées ! les
figures de mes semblables derrière les vitres ! Je voyais des passants !... Je quittais le pays des cauchemars !

À l'auberge, je m'installai devant le bon feu. La conversation
des rouliers[1] me jeta dans un état voisin de l'extase. Je sortais de
la Mort. Je regardai la flamme entre mes doigts. J'avalai un verre
de rhum. Je reprenais, enfin, le gouvernement de mes facultés.

Je me sentais rentré dans la vie réelle.

J'étais même, disons-le, un peu honteux de ma panique.

Aussi, comme je me sentis tranquille, lorsque j'accomplis la
commission de l'abbé Maucombe ! Avec quel sourire mondain
j'examinai le manteau noir en le remettant à l'hôtelier ! L'hallucination était dissipée. J'eusse fait, volontiers, comme dit Rabelais,
« le bon compagnon ».

Le manteau en question ne me parut rien offrir d'extraordinaire ni, même, de particulier, si ce n'est qu'il était très vieux et
même rapiécé, recousu, redoublé avec une espèce de tendresse
bizarre. Une charité profonde, sans doute, portait l'abbé Maucombe à donner en aumônes le prix d'un manteau neuf : du
moins, je m'expliquai la chose de cette façon.

– Cela se trouve bien ! dit l'aubergiste : le garçon doit aller au
village tout à l'heure : il va partir ; il rapportera le manteau chez
M. Maucombe en passant, avant dix heures.

Une heure après, dans mon wagon, les pieds sur la chauffeuse,
enveloppé dans ma houppelande reconquise, je me disais en

---

1. ***Rouliers*** : voituriers qui transportent des marchandises dans des chariots.

allumant un bon cigare et en écoutant le bruit du sifflet de la locomotive :

– Décidément, j'aime encore mieux ce cri-là que celui des hiboux.

Je regrettais un peu, je dois l'avouer, d'avoir promis de revenir.

Là-dessus je m'endormis, enfin, d'un bon sommeil, oubliant complètement ce que je devais traiter désormais de coïncidence insignifiante.

Je dus m'arrêter six jours à Chartres, pour collationner des pièces qui, depuis, amenèrent la conclusion favorable de notre procès.

Enfin, l'esprit obsédé d'idées de paperasses et de chicane – et sous l'abattement de mon maladif ennui –, je revins à Paris, juste le soir du septième jour de mon départ du presbytère.

J'arrivai directement chez moi, sur les neuf heures. Je montai. Je trouvai mon père dans le salon. Il était assis, auprès d'un guéridon, éclairé par une lampe. Il tenait une lettre ouverte à la main.

Après quelques paroles :

– Tu ne sais pas, j'en suis sûr, quelle nouvelle m'apprend cette lettre ! me dit-il : notre bon vieil abbé Maucombe est mort depuis ton départ.

Je ressentis, à ces mots, une commotion.

– Hein ? répondis-je.

– Oui mort, avant-hier, vers minuit, trois jours après ton départ de son presbytère, d'un froid gagné sur le grand chemin. Cette lettre est de la vieille Nanon. La pauvre femme paraît avoir la tête si perdue, même, qu'elle répète deux fois une phrase... singulière... à propos d'un manteau... Lis donc toi-même !

Il me tendit la lettre où la mort du saint prêtre nous était annoncée, en effet, et où je lus ces simples lignes :

« Il était très heureux, disait-il à ses dernières paroles, d'être enveloppé à son dernier soupir et enseveli dans le manteau qu'il avait rapporté de son pèlerinage en Terre sainte, et qui avait touché LE TOMBEAU. »

DOSSIER

- **À propos du style de Villiers**
- **À propos des intrigues des contes**
- **À propos du genre fantastique**
- **Trois mortes amoureuses**
- **Pour en savoir plus sur les morts-vivants**

À propos du style de Villiers

Inspiré par le mouvement parnassien et ses exigences d'un style soutenu, Villiers emploie souvent des mots rares, dont certains sont tombés en désuétude. Reliez chaque mot à sa définition.

Billon •
Sélam •
Archal •
Spleen •
Hideur •
Lilial •
Turlutaine •
Girandole •
Flave •
Calamistrés •

• Qui a la couleur du lys
• Mélancolie maladive
• Monnaie des pourboires
• Synonyme de laideur
• Fil de laiton
• Bouquet oriental
• Nom familier qui désigne une manie
• Lampe de café ou d'extérieur
• Bouclés pour des cheveux
• Blond

À propos des intrigues des contes

Véra

1. Comment s'appelle le vieux domestique du comte :
  A. Roger
  B. Esprit
  C. Raymond
  D. Athol

2. À la mort de Véra, le comte a jeté la clé du tombeau :
  A. par une fenêtre
  B. sur les dalles, à l'extérieur du tombeau
  C. sur les dalles, à l'intérieur du tombeau
  D. dans la chambre de Véra

3. Combien de temps s'écoule-t-il entre le décès de Véra et sa disparition définitive :
   A. un jour
   B. un mois
   C. un an
   D. trente-cinq ans

4. Quel est le dernier mot prononcé par Véra :
   A. « Adieu »
   B. « Je t'aime »
   C. « Roger »
   D. « La clé »

5. On retrouve la clé du tombeau :
   A. dans la chambre de Véra
   B. dans le tombeau
   C. dans le salon
   D. sous un livre

Le Convive des dernières fêtes

1. La scène se passe :
   A. un soir ordinaire
   B. un soir de carnaval
   C. un soir d'anniversaire
   D. un soir de noces

2. Le narrateur a connu le baron Saturne :
   A. dans sa jeunesse
   B. lors d'un voyage en Allemagne
   C. lors d'une exécution capitale
   D. à l'Opéra

3. Un convive propose au baron :
   A. de jouer aux échecs
   B. de tuer le Temps
   C. de tuer un invité
   D. de quitter la fête

4. Le baron Saturne se révèle être :
   A. un petit fonctionnaire des finances
   B. un assassin notoire
   C. un bourreau sadique et fou
   D. un homme de mœurs paisibles

5. Qui révèle le métier du baron :
   A. le narrateur
   B. le docteur
   C. lui-même
   D. une des trois courtisanes

Le Désir d'être un homme

1. Que croit voir Chaudval dans le miroir déformé du boulevard ?
   A. un incendie
   B. un golfe
   C. un autre lui-même
   D. la lueur d'un phare

2. Chaudval souffre :
   A. de ne pas ressentir de sentiments réels
   B. de se retrouver seul
   C. d'être un mauvais comédien
   D. d'être mis à la retraite

3. L'incendie qu'il allume :
   A. ne fait aucune victime
   B. fait cent victimes
   C. fait une victime
   D. fait deux victimes

4. Chaudval à la fin du conte :
   A. éprouve du remords
   B. ne ressent rien
   C. essaie de se faire pardonner
   D. décide de redevenir comédien

5. La folie de Chaudval le conduit :
   A. à modifier les signaux du phare pour couler des bateaux
   B. à se suicider
   C. à commettre d'autres incendies
   D. à s'isoler définitivement dans son phare

Fleurs de ténèbres

1. Les fleurs offertes aux jeunes filles :
- A. ont été achetées à une fleuriste
- B. ont été volées à une fleuriste
- C. ont été volées dans un cimetière
- D. ont été cueillies amoureusement

2. Les jeunes filles qui reçoivent les fleurs :
- A. sont maquillées
- B. sont rouges d'émotion
- C. sont rouges de colère
- D. sont pâles comme des spectres

L'Intersigne

1. Le baron Xavier décide de rendre visite à l'abbé :
- A. pour l'avertir d'un pressentiment
- B. pour s'éloigner de Paris et prendre l'air
- C. pour lui rapporter son manteau
- D. pour lui confier ses ennuis de santé

2. La première hallucination du baron a lieu :
- A. dans le train
- B. devant le presbytère
- C. dans sa chambre à Paris
- D. dans sa chambre, chez l'abbé

3. Le baron doit repartir précipitamment à Paris :
- A. à cause d'un procès
- B. à cause d'un décès
- C. à cause d'une mauvaise blague
- D. à cause de son travail

4. Le narrateur est averti de la mort de l'abbé :
- A. par son père
- B. par un ami
- C. par la servante Nanon
- D. par des hallucinations

5. Le manteau du prêtre a un caractère sacré :
   A. parce qu'il a appartenu à Jésus
   B. parce qu'il a été bénit
   C. parce qu'il a touché le tombeau du Christ
   D. parce qu'il a déjà réalisé des miracles

À propos du genre fantastique

Pouvez-vous tenter d'expliquer chacun des phénomènes étranges suivants en leur donnant une cause rationnelle et (ou) une cause surnaturelle ?

Phénomènes étranges	Cause rationnelle	Cause surnaturelle
Chaudval aperçoit la mer dans un miroir		
Le baron Xavier est victime de plusieurs hallucinations concernant l'abbé Maucombe		
Le baron Xavier rêve que l'abbé lui donne un manteau, ce qu'il fait un peu plus tard		
Le comte d'Athol commande à souper pour deux à son serviteur alors que sa femme est morte		
À l'anniversaire de sa mort Véra parle au comte		
Le bracelet de perles de Véra est encore tiède		
La clé du tombeau a été déplacée		

Trois mortes amoureuses

Le phénomène de la catalepsie (état apparent de mort alors qu'une personne vit encore) a peut-être inspiré les auteurs fantastiques d'histoires de morts-vivants. Si c'est un *topos* de la littérature fantastique et d'horreur, il subit certaines variations romantiques : celles de la jeune morte, bien-aimée, qui revient un temps à la vie, parfois à la faveur d'un baiser. On reconnaîtra là un motif ancien et merveilleux exploité par exemple dans *Blanche-Neige*.

Théophile Gautier, *La Morte amoureuse* (1835)

Lors de son ordination, un jeune prêtre est subjugué par une jeune fille de l'assistance nommée Clarimonde. Il est hanté par son image. Une nuit, un domestique vient l'avertir que sa maîtresse à l'agonie le réclame à son chevet. Le prêtre arrive trop tard mais reconnaît dans les traits de la morte sa bien-aimée Clarimonde.

C'était en effet la Clarimonde telle que je l'avais vue à l'église lors de mon ordination ; elle était aussi charmante, et la mort chez elle semblait une coquetterie de plus. La pâleur de ses joues, le rose moins vif de ses lèvres, ses longs cils baissés et découpant leur frange brune sur cette blancheur lui donnaient une expression de chasteté mélancolique et de souffrance pensive d'une puissance de séduction inexprimable ; ses longs cheveux dénoués, où se trouvaient encore mêlées quelques petites fleurs bleues, faisaient un oreiller à sa tête et protégeaient de leurs boucles la nudité de ses épaules : ses belles mains, plus pures, plus diaphanes que des hosties, étaient croisées dans une attitude de pieux repos et de tacite prière, qui corrigeait ce qu'auraient pu avoir de trop séduisant, même dans la mort, l'exquise rondeur et le poli d'ivoire de ses bras nus dont on n'avait pas ôté les bracelets de perles. Je restai longtemps absorbé dans une muette contemplation, et, plus je la regardais, moins je pouvais croire que la vie avait pour toujours abandonné ce beau corps. Je ne sais si cela était une illusion ou un reflet de la lampe, mais on eût dit que le sang recommençait à circuler sous cette mate pâleur ; cependant elle était toujours de la plus parfaite immobilité. Je touchai légèrement son bras ; il était froid, mais pas plus froid pourtant que sa main le jour qu'elle avait effleuré la mienne sous le portail de l'église. Je repris ma position, penchant ma figure sur la sienne et laissant pleuvoir sur ses joues la tiède rosée de mes larmes. Ah ! quel sentiment amer de désespoir et d'impuissance ! quelle agonie que cette veille ! j'aurais voulu pouvoir ramasser ma vie en un monceau pour la lui donner et souffler sur sa dépouille glacée la flamme qui me dévorait. La nuit s'avançait, et, sentant approcher le moment de la séparation éternelle, je ne pus me refuser cette triste et suprême douceur de déposer un baiser sur les lèvres mortes de celle qui avait eu tout mon amour. Ô prodige ! un léger souffle se mêla à mon souffle, et la bouche de Clarimonde répondit à la pression de la mienne ; ses yeux s'ouvrirent et reprirent un peu d'éclat, elle fit un soupir, et, décroisant ses bras, elle les passa derrière mon cou avec un air de ravissement ineffable. «Ah ! c'est toi, Romuald, dit-elle d'une voix languissante et douce comme les dernières vibrations d'une harpe ; que fais-tu donc ! Je t'ai attendu si longtemps, que je suis morte ; mais maintenant nous sommes fiancés, je pourrai te voir et aller chez toi. Adieu, Romuald, adieu ! je t'aime ; c'est tout ce que je voulais te dire, et je te rends la vie que tu as rappelée sur moi une minute avec ton baiser ; à bientôt. »

Sa tête retomba en arrière, mais elle m'entourait toujours de ses bras comme pour me retenir. Un tourbillon de vent furieux défonça la fenêtre et entra dans la chambre ; la dernière feuille de la rose blanche palpita quelque temps comme une aile au bout de la tige, puis elle se détacha et s'envola par la croisée ouverte, emportant avec elle l'âme de Clarimonde. La lampe s'éteignit et je tombai évanoui sur le sein de la belle morte.

Edgar Allan Poe, *Ligeia* (1856)

En écrivant ses *Contes cruels*, Villiers se réclamait de l'influence de Poe dont les *Histoires extraordinaires* avaient été traduites par Baudelaire. On trouve dans ce recueil avec *Ligeia* une morte amoureuse qui n'est pas sans évoquer Véra.

Le narrateur a perdu sa belle et jeune épouse Ligeia. Il se remarie avec lady Rowena Trevarion de Tremaine mais le souvenir de sa première femme l'obsède. Lady Rowena meurt à son tour de façon mystérieuse. Lors de la nuit de son agonie, le narrateur constate qu'elle passe sans cesse d'un état de vie à un état de mort. Il tente à plusieurs reprises de la ranimer.

    La plus grande partie de la terrible nuit était passée, et celle qui était morte remua de nouveau, et, cette fois-ci, plus énergiquement que jamais, quoique se réveillant d'une mort plus effrayante et plus irréparable. J'avais depuis longtemps cessé tout effort et tout mouvement, et je restais cloué sur l'ottomane, désespérément englouti dans un tourbillon d'émotions violentes, dont la moins terrible peut-être, la moins dévorante, était un suprême effroi. Le corps, je le répète, remuait, et maintenant plus activement qu'il n'avait fait jusque-là. Les couleurs de la vie montaient à la face avec une énergie singulière, les membres se relâchaient, et, sauf que les paupières restaient toujours lourdement fermées, et que les bandeaux et les draperies funèbres communiquaient encore à la figure leur caractère sépulcral, j'aurais rêvé que Rowena avait entièrement secoué les chaînes de la Mort. Mais si, dès lors, je n'acceptai pas entièrement cette idée, je ne pus pas douter plus longtemps, quand, se levant du lit, et vacillant, d'un pas faible, les yeux fermés, à la manière d'une personne égarée dans un rêve, l'être qui était enveloppé du suaire s'avança audacieusement et palpablement dans le milieu de la chambre.

    Je ne tremblai pas, je ne bougeai pas, car une foule de pensées inexprimables, causées par l'air, la stature, l'allure du fantôme, se ruèrent à l'improviste dans mon cerveau, et me paralysèrent, me pétrifièrent. Je ne bougeais pas, je contemplais l'apparition. C'était dans mes pensées un désordre fou, un tumulte inapaisable. Était-ce bien la *vivante* Rowena que j'avais en face de moi ? cela pouvait-il être vraiment Rowena, lady Rowena Trevanion de Tremaine, à la chevelure blonde, aux yeux bleus ? Pourquoi, oui, pourquoi en doutais-je ? Le lourd bandeau oppressait la bouche ; pourquoi donc cela n'eût-il pas été la bouche respirante de la dame de Tremaine ? Et les joues ? oui, c'étaient bien là les roses du midi de sa vie ; oui, ce pouvaient être les belles joues de la vivante lady de Tremaine. Et le menton, avec les fossettes de la santé, ne pouvait-il pas être le sien ? Mais *avait-elle donc grandi depuis sa maladie ?* Quel inexprimable délire s'empara de moi à cette idée ! D'un bond j'étais à ses pieds ! Elle se retira à mon contact, et elle dégagea sa tête de l'horrible suaire qui l'enveloppait ; et alors déborda dans l'atmosphère fouettée de la chambre une masse énorme de longs cheveux désordonnés ; *ils étaient plus noirs que les ailes de minuit, l'heure au plumage de corbeau !* Et alors je vis la figure qui se tenait devant moi ouvrir lentement, lentement *les yeux*.

– Enfin, les voilà donc ! criai-je d'une voix retentissante ; pourrais-je jamais m'y tromper ? Voilà bien les yeux adorablement fendus, les yeux noirs, les yeux étranges de mon amour perdu, de lady, de LADY LIGEIA !

Edgar Allan Poe, *La Chute de la maison Usher* (1857)

Il existe également une variante de la morte amoureuse dans les *Nouvelles histoires extraordinaires* du même Poe avec la nouvelle *La Chute de la maison Usher*. Il s'agit cette fois-ci d'une affection trouble qui unit un frère et une sœur.
Le narrateur, à la demande d'un ami d'enfance, Roderick Usher, se rend dans son château. Roderick vit avec sa sœur lady Madeline, et l'un et l'autre sont atteints d'une maladie étrange et mortelle. Lors de son séjour, lady Madeline meurt et est enterrée dans un caveau sous les gros murs du château. Le comportement de Roderick se fait de plus en plus étrange. Une nuit, il confie ses craintes au narrateur à propos de sa sœur : « Nous l'avons mise vivante dans la tombe. »

À peine ces dernières syllabes avaient-elles fui mes lèvres, que, comme si un bouclier d'airain était pesamment tombé, en ce moment même, sur un plancher d'argent, j'en entendis l'écho distinct, profond, métallique, retentissant, mais comme assourdi. J'étais complètement énervé ; je sautai sur mes pieds ; mais Usher n'avait pas interrompu son balancement régulier. Je me précipitai vers le fauteuil où il était toujours assis. Ses yeux braqués droit devant lui, toute sa physionomie était tendue par une rigidité de pierre. Mais, quand je posai la main sur son épaule, un violent frisson parcourut tout son être, un sourire malsain trembla sur ses lèvres, et je vis qu'il parlait bas, très bas, un murmure précipité et inarticulé, comme s'il n'avait pas conscience de ma présence. Je me penchai tout à fait contre lui, et enfin je dévorai l'horrible signification de ses paroles.

– Vous n'entendez pas ? Moi, j'entends, et *j'ai* entendu pendant longtemps, longtemps, bien longtemps, bien des minutes, bien des heures, bien des jours, j'ai entendu, mais je n'osais pas, oh ! pitié pour moi, misérable infortuné que je suis ! je n'osais pas, je *n'osais pas* parler ! Nous *l'avons mise vivante dans la tombe* ! Ne vous ai-je pas dit que mes sens étaient très fins ? Je vous dis *maintenant* que j'ai entendu ses premiers faibles mouvements dans le fond de la bière. Je les ai entendus, il y a déjà bien des jours, bien des jours, mais je n'osais pas, *je n'osais pas* parler ! Et maintenant, cette nuit, Ethelred, ha ! ha ! la porte de l'ermite enfoncée, et le râle du dragon et le retentissement du bouclier ! dites plutôt le bris de sa bière, et le grincement des gonds de fer de sa prison, et son affreuse lutte dans le vestibule de cuivre ! Oh ! où fuir ? Ne sera-t-elle pas ici tout à l'heure ? N'arrive-t-elle pas pour me reprocher ma précipitation ? N'ai-je pas entendu son pas sur l'escalier ? Est-ce que je ne distingue pas l'horrible et lourd battement de son cœur ? Insensé ! Ici, il se dressa furieusement sur ses pieds, et hurla ces syllabes, comme si dans cet effort suprême il rendait son âme :

– Insensé ! je vous dis qu'elle est maintenant derrière la porte !

À l'instant même, comme si l'énergie surhumaine de sa parole eût acquis la toute-puissance d'un charme, les vastes et antiques panneaux que désignait Usher entrouvrirent lentement leurs lourdes mâchoires d'ébène. C'était l'œuvre d'un furieux coup de vent ; mais derrière cette porte se tenait alors la haute figure de lady Madeline Usher, enveloppée de son suaire. Il y avait du sang sur ses vêtements blancs, et toute sa personne amaigrie portait les traces évidentes de quelque horrible lutte. Pendant un moment elle resta tremblante et vacillante sur le seuil ; puis, avec un cri plaintif et profond, elle tomba lourdement en avant sur son frère, et, dans sa violente et définitive agonie, elle l'entraîna à terre, cadavre maintenant et victime de ses terreurs anticipées.

Je m'enfuis de cette chambre et de ce manoir, frappé d'horreur. La tempête était encore dans toute sa rage quand je franchissais la vieille avenue. Tout d'un coup, une lumière étrange se projeta sur la route, et je me retournai pour voir d'où pouvait jaillir une lueur si singulière, car je n'avais derrière moi que le vaste château avec toutes ses ombres. Le rayonnement provenait de la pleine lune qui se couchait, rouge de sang, et maintenant brillait vivement à travers cette fissure à peine visible naguère, qui, comme je l'ai dit, parcourait en zigzag le bâtiment depuis le toit jusqu'à la base. Pendant que je regardais, cette fissure s'élargit rapidement ; il survint une reprise de vent, un tourbillon furieux ; le disque entier de la planète éclata tout à coup à ma vue. La tête me tourna quand je vis les puissantes murailles s'écrouler en deux. Il se fit un bruit prolongé, un fracas tumultueux comme la voix de mille cataractes, et l'étang profond et croupi placé à mes pieds se referma tristement et silencieusement sur les ruines de la *Maison Usher*.

Pour en savoir plus sur les morts-vivants

Lire dans la *Grande Anthologie du fantastique* de Jacques Goimard et de Roland Stragliati (Omnibus) :

Washington IRVING, *L'Aventure de l'étudiant allemand*

F. Marion CRAWFORD, *Le Crâne qui hurle*

W. HARVEY, *La Bête à cinq doigts*

R. L. STEVENSON, *Janet la Torte*

J.-L. BOUQUET, *Alouqa, ou la comédie des morts*

A. TOLSTOÏ, *La Famille du Vourdalak*

M. R. JAMES, *Le Comte Magnus*

R. MATHESON, *La Robe de soie blanche*

G. PRÉVOT, *La Taverne des étangs*

W. de LA MARE, *La Tante de Seaton*

C. A. SMITH, *Morthylla*

Notes et citations

Notes et citations

Notes et citations

Notes et citations

Les classiques et les contemporains dans la même collection

ANDERSEN
La Petite Fille et les allumettes et autres contes (171)

APULÉE
Amour et Psyché (2073)

ASIMOV
Le Club des Veufs noirs (314)

AUCASSIN ET NICOLETTE (43)

BALZAC
Le Bal de Sceaux (132)
Le Chef-d'œuvre inconnu (2208)
Le Colonel Chabert (2007)
Ferragus (48)
La Maison du chat-qui-pelote (2027)
La Vendetta (28)

BARBEY D'AUREVILLY
Les Diaboliques – Le Rideau cramoisi, Le Bonheur dans le crime (2190)

BARRIE
Peter Pan (2179)

BAUDELAIRE
Les Fleurs du mal (2115)

BAUM (L. FRANK)
Le Magicien d'Oz (315)

LA BELLE ET LA BÊTE ET AUTRES CONTES (90)

BERBEROVA
L'Accompagnatrice (6)

BERNARDIN DE SAINT-PIERRE
Paul et Virginie (2170)

LA BIBLE
Histoire d'Abraham (2102)
Histoire de Moïse (2076)

BOVE
Le Crime d'une nuit. Le Retour de l'enfant (2201)

BRADBURY
L'Heure H et autres nouvelles (2050)
L'Homme brûlant et autres nouvelles (2110)

CARRIÈRE (JEAN-CLAUDE)
La Controverse de Valladolid (164)

CARROLL
Alice au pays des merveilles (2075)

CHAMISSO
L'Étrange Histoire de Peter Schlemihl (174)

LA CHANSON DE ROLAND (2151)

CHATEAUBRIAND
Mémoires d'outre-tombe (101)

CHEDID (ANDRÉE)
L'Enfant des manèges et autres nouvelles (70)
Le Message (310)

CHRÉTIEN DE TROYES
Lancelot ou le Chevalier de la charrette (116)
Perceval ou le Conte du graal (88)
Yvain ou le Chevalier au lion (66)

CLAUDEL (PHILIPPE)
Les Confidents et autres nouvelles (246)

COLETTE
Le Blé en herbe (257)

COLLODI
Pinocchio (2136)

CORNEILLE
Le Cid (2018)

DAUDET
Aventures prodigieuses de Tartarin de Tarascon (2210)
Lettres de mon moulin (2068)

DEFOE
Robinson Crusoé (120)

DIDEROT
Jacques le Fataliste (317)
Le Neveu de Rameau (2218)
Supplément au Voyage de Bougainville (189)

DOYLE
Le Dernier Problème. La Maison vide (64)
Trois Aventures de Sherlock Holmes (37)

DUMAS
    Le Comte de Monte-Cristo (85)
    Pauline (233)
    Les Trois Mousquetaires, t. 1 et 2 (2142 et 2144)

FABLIAUX DU MOYEN ÂGE (71)

LA FARCE DE MAÎTRE PATHELIN (3)

LA FARCE DU CUVIER ET AUTRES FARCES DU MOYEN ÂGE (139)

FERNEY (ALICE)
    Grâce et Dénuement (197)

FLAUBERT
    La Légende de saint Julien l'Hospitalier (111)
    Un cœur simple (47)

GAUTIER
    Le Capitaine Fracasse (2207)
    La Morte amoureuse. La Cafetière et autres nouvelles (2025)

GOGOL
    Le Nez. Le Manteau (5)

GRAFFIGNY (MME DE)
    Lettres d'une péruvienne (2216)

GRIMM
    Le Petit Chaperon rouge et autres contes (98)

GRUMBERG (JEAN-CLAUDE)
    L'Atelier (196)

HOFFMANN
    L'Enfant étranger (2067)
    L'Homme au Sable (2176)
    Le Violon de Crémone. Les Mines de Falun (2036)

HOLDER (ÉRIC)
    Mademoiselle Chambon (2153)

HOMÈRE
    Les Aventures extraordinaires d'Ulysse (2225)
    L'Iliade (2113)
    L'Odyssée (125)

HUGO
    Claude Gueux (121)
    Le Dernier Jour d'un condamné (2074)
    Les Misérables, t. 1 et 2 (96 et 97)
    Notre-Dame de Paris (160)
    Poésies 1. Enfances (2040)
    Poésies 2. De Napoléon Ier à Napoléon III (2041)
    Quatrevingt-treize (241)
    Le roi s'amuse (307)
    Ruy Blas (243)

JAMES
    Le Tour d'écrou (236)

JARRY
    Ubu Roi (2105)

KAFKA
    La Métamorphose (83)

LABICHE
    Un chapeau de paille d'Italie (114)

LA BRUYÈRE
    Les Caractères (2186)

MME DE LAFAYETTE
    La Princesse de Clèves (308)

LA FONTAINE
    Le Corbeau et le Renard et autres fables – *Nouvelle édition des* Fables (319)

LAROUI (FOUAD)
    L'Oued et le Consul et autres nouvelles (239)

LE FANU (SHERIDAN)
    Carmilla (313)

LEROUX
    Le Mystère de la Chambre Jaune (103)
    Le Parfum de la dame en noir (2202)

LOTI
    Le Roman d'un enfant (94)

MARIE DE FRANCE
    Lais (2046)

MATHESON (RICHARD)
    Au bord du précipice et autres nouvelles (178)
    Enfer sur mesure et autres nouvelles (2209)

MAUPASSANT
    Boule de suif (2087)
    Le Horla et autres contes fantastiques (11)
    Le Papa de Simon et autres nouvelles (4)
    La Parure et autres scènes de la vie parisienne (124)
    Toine et autres contes normands (312)

MÉRIMÉE
    Carmen (145)
    Mateo Falcone. Tamango (104)
    La Vénus d'Ille et autres contes fantastiques (2)

LES MILLE ET UNE NUITS
  Ali Baba et les quarante voleurs (2048)
  Le Pêcheur et le Génie. Histoire de Ganem (2009)
  Sindbad le marin (2008)

MOLIÈRE
  L'Avare (2012)
  Le Bourgeois gentilhomme (133)
  L'École des femmes (2143)
  Les Femmes savantes (2029)
  Les Fourberies de Scapin (10)
  George Dandin (60)
  Le Malade imaginaire (2017)
  Le Médecin malgré lui (2089)
  Le Médecin volant. La Jalousie du Barbouillé (242)
  Les Précieuses ridicules (2061)

MONTESQUIEU
  Lettres persanes (95)

MUSSET
  Il faut qu'une porte soit ouverte ou fermée. Un caprice (2149)
  On ne badine pas avec l'amour (2100)

OVIDE
  Les Métamorphoses (92)

PASCAL
  Pensées (2224)

PERRAULT
  Contes – *Nouvelle édition* (65)

PIRANDELLO
  Donna Mimma et autres nouvelles (240)
  Six Personnages en quête d'auteur (2181)

POE
  Le Chat noir et autres contes fantastiques (2069)
  Double Assassinat dans la rue Morgue. La Lettre volée (45)

POUCHKINE
  La Dame de pique et autres nouvelles (19)

PRÉVOST
  Manon Lescaut (309)

PROUST
  Combray (117)

RABELAIS
  Gargantua (2006)
  Pantagruel (2052)

RÉCITS DE VOYAGE
  Le Nouveau Monde (Jean de Léry, 77)
  Les Merveilles de l'Orient (Marco Polo, 2081)

RENARD
  Poil de Carotte (2146)

ROBERT DE BORON
  Merlin (80)

ROMAINS
  L'Enfant de bonne volonté (2107)

LE ROMAN DE RENART (2014)

ROSNY AÎNÉ
  La Mort de la terre (2063)

ROSTAND
  Cyrano de Bergerac (112)

ROUSSEAU
  Les Confessions (238)

SAND
  Les Ailes de courage (62)
  Le Géant Yéous (2042)

SAUMONT (ANNIE)
  Aldo, mon ami et autres nouvelles (2141)
  La guerre est déclarée et autres nouvelles (223)

SÉVIGNÉ (MME DE)
  Lettres (2166)

SHAKESPEARE
  Macbeth (215)
  Roméo et Juliette (118)

SHELLEY (MARY)
  Frankenstein (128)

STENDHAL
  Vanina Vanini. Le Coffre et le Revenant (44)

STEVENSON
  Le Cas étrange du Dr Jekyll et de M. Hyde (2084)
  L'Île au trésor (91)

STOKER
  Dracula (188)

SWIFT
  Voyage à Lilliput (2179)

TCHÉKHOV
  La Mouette (237)
  Une demande en mariage et autres pièces en un acte (108)

TITE-LIVE
  La Fondation de Rome (2093)

TOURGUÉNIEV
  Premier Amour (2020)

TROYAT (HENRI)
    Aliocha (2013)

VALLÈS
    L'Enfant (2082)

VERNE
    Le Tour du monde en 80 jours (2204)

VILLIERS DE L'ISLE-ADAM
    Véra et autres nouvelles fantastiques (2150)

VIRGILE
    L'Énéide (109)

VOLTAIRE
    Candide (2078)
    L'Ingénu (2211)
    Jeannot et Colin. Le monde comme il va (220)
    Micromégas (135)
    Zadig – *Nouvelle édition* (30)

WESTLAKE (DONALD)
    Le Couperet (248)

WILDE
    Le Fantôme de Canterville et autres nouvelles (33)

ZOLA
    L'Attaque du moulin. Les Quatre Journées de Jean Gourdon (2024)
    Germinal (123)

Les anthologies dans la même collection

AU NOM DE LA LIBERTÉ
   Poèmes de la Résistance (106)
L'AUTOBIOGRAPHIE (2131)
BAROQUE ET CLASSICISME (2172)
LA BIOGRAPHIE (2155)
BROUILLONS D'ÉCRIVAINS
   Du manuscrit à l'œuvre (157)
« C'EST À CE PRIX QUE VOUS MANGEZ DU SUCRE... » Les discours sur l'esclavage d'Aristote à Césaire (187)
CEUX DE VERDUN
   Les écrivains et la Grande Guerre (134)
LES CHEVALIERS DU MOYEN ÂGE (2138)
CONTES DE L'ÉGYPTE ANCIENNE (2119)
LE CRIME N'EST JAMAIS PARFAIT
   Nouvelles policières 1 (163)
DE L'ÉDUCATION
   Apprendre et transmettre de Rabelais à Pennac (137)
DES FEMMES (2217)
FAIRE VOIR : QUOI, COMMENT, POUR QUOI ? (320)
FÉES, OGRES ET LUTINS
   Contes merveilleux 2 (2219)
LA FÊTE (259)
LES GRANDES HEURES DE ROME (2147)
L'HUMANISME ET LA RENAISSANCE (165)
IL ÉTAIT UNE FOIS
   Contes merveilleux 1 (219)
LES LUMIÈRES (158)
LES MÉTAMORPHOSES D'ULYSSE
   Réécritures de L'*Odyssée* (2167)
MONSTRES ET CHIMÈRES (2191)
MYTHES ET DIEUX DE L'OLYMPE (2127)

NOIRE SÉRIE...
   Nouvelles policières 2 (222)
NOUVELLES DE FANTASY 1 (316)
NOUVELLES FANTASTIQUES 1
   Comment Wang-Fô fut sauvé et autres récits (80)
NOUVELLES FANTASTIQUES 2
   Je suis d'ailleurs et autres récits (235)
ON N'EST PAS SÉRIEUX QUAND ON A QUINZE ANS Adolescence et littérature (156)
PAROLES DE LA SHOAH (2129)
LA PEINE DE MORT
   De Voltaire à Badinter (122)
POÈMES DE LA RENAISSANCE (72)
POÉSIE ET LYRISME (173)
LE PORTRAIT (2205)
RACONTER, SÉDUIRE, CONVAINCRE
   Lettres des XVIIe et XVIIIe siècles (2079)
RÉALISME ET NATURALISME (2159)
RISQUE ET PROGRÈS (258)
ROBINSONNADES
   De Defoe à Tournier (2130)
LE ROMANTISME (2162)
LE SURRÉALISME (152)
LA TÉLÉ NOUS REND FOUS ! (2221)
TROIS CONTES PHILOSOPHIQUES (311)
   Diderot, Saint-Lambert, Voltaire
TROIS NOUVELLES NATURALISTES (2198)
   Huysmans, Maupassant, Zola
VIVRE AU TEMPS DES ROMAINS (2184)
VOYAGES EN BOHÈME (39)
   Baudelaire, Rimbaud, Verlaine

Création maquette intérieure :
Sarbacane Design.

Composition : IGS-CP.

GF Flammarion

08/01/135406-I-2008 – Impr. MAURY Imprimeur, 45330 Malesherbes.
N° d'édition LO1EHRN000172N001. – janvier 2008. – Printed in France.